天籁珍局

棋路醉中现，黑白乱世间。
一朝开玉门，富贵赛王贤。

梁剑箫 著

作家出版社

图书在版编目（CIP）数据

天籁棋局 / 梁剑箫著. -- 北京：作家出版社，2022.8（2024.4重印）
ISBN 978-7-5212-1837-4

Ⅰ．①天… Ⅱ．①梁… Ⅲ．①长篇小说 – 中国 – 当代
Ⅳ．①I247.5

中国版本图书馆CIP数据核字（2022）第044742号

天籁棋局

作　　者：梁剑箫
封面题字：李雨婷
责任编辑：单文怡
装帧设计：书游记
出版发行：作家出版社有限公司
社　　址：北京农展馆南里10号　　邮　　编：100125
电话传真：86-10-65067186（发行中心及邮购部）
　　　　　86-10-65004079（总编室）

E-mail:zuojia@zuojia.net.cn

http://www.zuojiachubanshe.com
印　　刷：河北京平诚乾印刷有限公司
成品尺寸：142×210
字　　数：163千
印　　张：9.25
版　　次：2022年8月第1版
印　　次：2024年4月第4次印刷
ISBN　978-7-5212-1837-4
定　　价：49.80元

世象局中窥，仁道棋间现

倪学礼

剑箫跟我讲，他有一本小说——《天籁棋局》即将出版成书，请我撰写一篇序言。我自知水平未到为他人作序之程度，便有意推辞，怎料他一再坚持，让我体会到一位年轻作者赤诚而又热烈的感召，我只好乘此盛情，力求"同声相应"了。老实说，我与他相识的年头虽然不短，却从未听闻他写过小说。他在一家大报工作，做新闻报道是内行，但突然涉足小说领域，而且还是颇具技术难度的谍战题材，实在是有些超出了我的想象。我将信将疑地翻开他寄来的书稿，起先还在批评者与阅读者的两重视角之间来回游移，很快我便被他笔下的世界吸引住了。一页一页地读下来，我发现，他在故事创作方面的确有两下子，似乎比他写的新闻稿件要好不少。或许，他原本就更擅长写小说。

这么讲的原因，主要在于，剑箫的父亲生前也是一位与小说有着紧密联系的人。只不过，其父并非创作故事，而是一位研究《红楼梦》多年并颇有建树的红学家。我想,作为儿子,剑箫或许从小就受到家学的影响,耳濡目染,近朱者赤,对于故事有一种天然的敏感与兴奋。他不喜欢研究故事,而更热衷于发明故事,设计那些形形色色、性格各异、有趣又可爱的男女老少,与他们一起同怒同忧、同悲同喜。这是我读完这部小说之后,得出的一个很深切的感受。

简言之,《天籁棋局》讲述的是与围棋、原子弹有关的谍战故事。听起来二者风马牛不相及,却是小说夺目的特色之一。世间一直流传着"天籁棋局"的神秘传说,一盘未收官的围棋残局与价值连城的宝藏息息相关,还与日本人研制原子弹所需的铀矿地图脱不开干系。来自围棋世家的中共地下党员江南毅,为阻止日本人的计划,潜伏进入七十六号特工总部,与深谙中国兵家权谋的东洋高手斗智斗勇,九死一生。他先后牺牲了亲情、爱情、友情,历经磨难却还是成为一枚孤立无援的死棋,被逼入人生的绝境;经过艰苦的灵魂博弈,最终涅槃重生。在小说中,作者引入一个有据可查、有史可依的大事件——一九四三年由核物理学家仁科芳雄牵头的"仁方案",并据此设计出追踪铀矿的谍战线索。故事情节丝丝入扣,人物命运险象环生;加之作者简洁明快、遒劲有力的散文笔法,模糊了传说与现实之间的边界,使读者无暇分辨,只得寄身于作品,步步深入,逐渐逼近意料之外的事件真相。

不过，扑朔迷离的情节只是这部小说的表象。作品在寻宝藏、找铀矿的明线基础上，插入一条父子关系的暗线，增强了整个故事的纯文学格调。江闻天是集"仁义礼智信"于一身的严父慈父，乃忠良之后；他爱憎分明，眼睛里揉不得一粒沙子，事事以家国大义为重，对小儿子江南毅的期望甚至重于自身的名节。爱之深，怒之切。当江闻天发现江南毅竟然替日本人卖命时，其内心之痛远非他人可以理解。而江南毅明知自己的公开身份不可能被江家人所认可，但为了完成党组织交付的艰巨任务，又必须充当汉奸，忍常人所不能忍，咽下所有来自外界尤其是父亲的唾骂。

在儒家思想传统中，善事父母为孝，善事兄长为悌；孝悌乃行仁之本。儒家思想之所以如此注重"孝悌"，将其视为一个国家、一个社会的根基，是有着深刻的原因的。一方面，它从自然性中寻找依据——在中国传统社会的五种基本人伦关系中，只有父子关系、兄弟关系是纯属天合的，君臣关系、朋友关系实为人合，夫妻关系则人与天兼而合之。人对父兄的爱与依赖，似乎是与生俱来的。儒家从人性中发现了人的爱的倾向，而仁亦主于爱，爱莫大于爱亲；因此，儒家提倡激发并养护这份爱，即从"孝悌"开始建立由己到人的意识，进而培育仁心。江南毅固然因生母之死对父亲产生了巨大的误解，但在内心深处，他其实是敬重、敬佩、敬爱父亲的。只不过，当局者迷，他自己未必能意识到。这个心理状态，作者并未在书中明确表达，但不少情节里细腻的遣词造句以及微妙的心理刻画，如一层若隐若现的薄纱，有心的读者是可以揭开的。另一方面，也有其社会性、历史性的因素。"父亲"这个称谓不光指代那个在生理意义上繁殖生命的人，更意味着其对后代有一种精神上的引导。正因为父子之间有了这种精神与文化上的联结，过去和未来才能串联并生成意义，人生才有长度，社会才有根脉，历史才有绵延。父亲对江南毅的精神影响无疑充斥着他的每一次行动。尽管在表面上，他无法行孝悌之举，甚至不得不以叛国投敌的逆子身份示人，但他却无时不怀孝悌之心，无时不忘仁义之道。因此，不论陷入多么艰难的困境当中，江南毅似乎总有无限的智慧与无穷的勇气来化险为夷。仁者必有勇，这份"勇"不是来自于肉身的刚猛，而是源出于江父强大的精神力量。

父子关系的变化，贯穿了全书。小说的最后，父子俩在棋局中和解。这一设计是很精彩的，余音袅袅，如风呼浪号的海面突然归于平静，从刀光剑影的描写转到朴实动人的讲述。

一段最佳的父子关系，无非就是二者相得益彰，彼此相互确立并因此而自我确立。我在这部作品中看到了这样的表达，它是深刻的，是有思想的，也是有韵味的。尽管在现代文明的冲击下，家庭的解体与传统父性的式微几乎是全人类共同的命运，但作者仍然努力通过他的作品向我们深切证明中华传统父性的光辉与力量。

这部作品塑造了很多个性鲜明、形象生动的人物。比如，分别掌管玉绒棋盘、青目棋子、残局走通之法，对应着管天、掌地、御人的同门三兄弟——小师弟季鹤鸣身上既有怯懦、鄙陋、鸡鸣狗盗的一面，又有着高远的棋术追求和明确的行事底线；青帮老大杜九皋行事老练，城府在胸；名震一方的江闻天则黑白分明，人棋合一。三个人虽各行其道，但危难关头又齐心协力、同仇敌忾。再比如，外表冷若冰霜，内心热情似火的秦苑梓；心思缜密、运筹帷幄的上官玉灵；纯真善良、对爱情充满渴望的季铅依；自私蛮横、飞扬跋扈的二姨太……这些女性角色莫不跃然纸上，给人留下深刻印象。作者尤其擅长通过对白来刻画人物心理、塑造人物性格。不同人物的语言特质各不相同。既具棋术悟性又好走旁门左道的季鹤鸣的语言风格表现为一种富有灵气的诙谐，还带着三分幽默，意在彰显他虽穷困潦倒，但技艺却不甘落入下风的心劲与傲气。二姨太的语言则更鲜明外露，展现出一种为保护儿子的利益不惜付出任何代价的心理，既卑微又可怜，形态活灵活现。男主人公江南毅、女主人公秦苑梓的性格特点，则变换了表现的手法，侧重于从具体的行为与心理活动入手，穿插并行，多方位展现人性面对情感挫折时的挣扎。作者在描摹人物内心时，展现出他长期从事大报评论理论工作的特点，语言准确精炼，一针见血，读来很是过瘾。

小说另外一个富有艺术表现力的地方，是利用中国古典文化的细微之处阐释复杂人性的内在张力，润物于无声。这个特点，从人物的言行里时常可见。不论是作为正面形象的江家父子，还是反面形象的特高课负责人，在作者眼里，都是中华传统文化的受益者。这也使反面形象的塑造免于落入"脸谱化""妖魔化"的俗套，而有了人性的根基。厚重博大的传统力量，如同太极拳与降龙十八掌的合体，刚柔并济，不示则已，一旦亮相，就如滔滔江水，雄浑绵长，一浪接着一浪，具有排山倒海的气势。这力量，分解成一层一层的小波澜，四散至情节和对话中，字里行间渗透出荡气回肠的底蕴。书中还有不少关于老上海景致的细致描绘，也处处展现了传统文化的生机活力。一些普通的老建筑以及老电影，到了作者笔下，就变成了洋溢着丰富想象力的文化符号。

说到底，几乎所有的小说都在试图进行两个方面的探索：一为深邃的人心，一为复杂的生活世界。但二者并非各自为政，而是时刻杂糅在一起，交相辉映。人心的背后，是深微奥妙的人性；生活世界的背后，是人与自身、人与社会、人与自然等一系列关系的集合。一部作品能否经得起时间的检验，成为经久不衰的常青之树，正在于其表达的人性、其展现的生活是否具有足够的思想深度、文化厚度、艺术广度，最终要达到足够的哲学高度，常读常新。

从这部小说里，我可以感受到作者试图在做着这样的努力。我相信，凭着他身上的悟性与韧劲，假以时日，他的天赋一定会开出奇花异果，独树一帜。

我期待剑箫有更多精彩的作品问世。

（作者系浙江传媒学院教授、博士生导师，曾创作电视连续剧《平凡岁月》《小麦进城》等，作品获中国电视剧飞天奖、上海国际电视节白玉兰奖、中国电视金鹰奖）

楔 子

二〇一八年三月一日，几位年过六旬的长者，来到位于上海市青浦区的一座公墓。在一座墓碑前，他们认真地摆上一瓶石库门酒、一盒杏花楼的点心，再点燃一支金装红双喜。碑上工工整整地用草书写着"慈父江南毅之墓"。其中一位老人从怀里掏出一本精装的新书，翻开第一页，面对着墓碑说："父亲，这本您亲笔撰写的回忆录，今天终于正式出版了。按照您的临终嘱托，现在读给您听。"

他一字一句地朗读起来：

当第一天来到上海七十六号特工总部，以总务处副处长的身份走进这座阴森的大楼，我正式成为一名汉奸。从此，我进入一个巨大的、瑰丽的漩涡。在这个漩涡里，所有我在乎的人，都投来他们那掺杂无数含义的目光。其中，有父亲江闻天的震怒，有兄长江北流的鄙夷，有妹妹江海霓的困惑，有青梅竹马季铅依的痛苦，有拜把子弟兄季飞宇的理解，有老东家老于的担忧，有老江湖杜九皋的怀疑，还有，我那最爱的女人——秦苑梓的惆怅。

这一切的发生，都源于那绝密的寿司计划，还有那流传三百多年之久的古老传说——天籁棋局。

我付出了一切。爱情、亲情、友情，以至于所有的尊严，统统成为它们的摆渡者。我经历了有生以来最强烈的痛苦与绝望。那种生不如死，是缓慢的、循序渐进的，一点一点地吸干了我的灵魂，让我在开往地狱的列车里彻底迷失。我的身边，随处是面目狰狞的幽灵和恶魔，他们时刻在我的耳边咆哮，企图拉我走进那永无止境的循环。循环的终点，不是通往死神之家，而是灵肉的彻底分离。那，无疑是比死亡更加难受千倍、万倍。

我要记录下经历的这些人与事。我想让后代们知道，他们的父辈，曾在一种怎样的环境里生存。为了心中的信仰，他们曾经在多么复杂的道路上行走过。不过，最重要的，是我想告诉孩子们，只要人存有欲望，《天籁棋局》的故事，就永远不会结束。

一

江南毅做梦也不会想到，这些年多次秘密联系的上线、中国共产党驻东京情报机构负责人，居然是眼前这位朝夕相处的忘年交、导师黄穆清。

当黄穆清告诉他需要完成一件重要的任务，准备回国投靠在羽生白川门下，成为七十六号特工总部的一名汉奸时，他几乎蒙了。作为一名年轻的中国共产党党员，江南毅不得不承认，姜还是老的辣。多年来，黄穆清始终暗中下指令派任务，从未露面，事情却做得密不透风。

羽生白川的名字，竟是如此耳熟。

五年前在德国留学时，江南毅师从著名物理学家冯·利特曼教授，研究光学。羽生白川是同门师兄、来自东洋的青年才俊。二人朝夕相处，共同上专业课、做研究，一起讨论问题，有时争论得面红耳赤，自此结下很深的友谊。羽生白川尚未毕业就回了日本，从此杳无音讯。江南毅毕业后，冯·利特曼爱其才华，力邀他一起从事理论研究，在光学领域开疆拓土，打出一片新天地。江南毅婉拒，说自己并非搞光学的那块料，谢绝后离开德国前往日本，任职早稻田大学，拜在黄穆清门下，研究核物理。到日本后，他打听过羽生白川的消息，发现这个人早已离开物理学界，去向不明。他还颇有些遗憾，为失去一位优秀的物理学家感到惋惜。今天，当他忽然再次从黄穆清嘴里听到这个名字时，不禁很是意外。

黄穆清表现得很平静："你我已合作几年，留下很多美好回忆。我手头的不少研究项目离不开你的协助。原本，我是不想放你走的。但一位日本的共产党朋友前几日转来一份文件，促使我不得不改变初衷。"

日本共产党朋友？

江南毅脑海中闪过一段历史：日本共产党自一九二二年七月成立伊始，发展就不顺利，一九二三年便被有关单位检举，于一九二四年解散。一九二六年再次成立，目标为"废除绝对天皇制"与"实现国民主权"，一九二八年再度被取缔，不少重要领导人如德田球一等都遭到逮捕，而于一九三五年再度解体，之后就一直处于秘密活动的状态。黄穆清竟然与他们的人有联络，江南毅瞬间质疑起他的身份。而当看到那份文件后，他再难恢复平静。

他读到的，是一份绝密文件：

一九四一年五月，日本陆军大臣东条英机批准"制造铀弹报告"——空军科技署长官安田上报的秘密计划。核物理学家仁科芳雄带领一百多名学者，设计出"仁方案"，意在研制原子炸弹。炸弹若研发成功，足以摧毁一座城市。

两年后，仁科芳雄完成理论研究，但实验室缺乏铀原料，无法进一步实践。德国派潜艇运出一吨铀矿，支援日本，行至马六甲海峡时，被美国舰队发现并击沉。日本人跑遍本土和朝鲜，只在福岛开采出低品位的铀矿。军方又苦干一年多，才提炼出少量铀原料。

在各国情报人员眼中，"仁方案"功败垂成。实际上，日本军方始终没有中止，计划一直秘密进行，并重新命名为"寿司"。经过精挑细选，军方派出五位精通核物理的人，化装成考古队，前往中国寻找铀矿。五人中，有一位是曾留学欧洲主修核物理的特高课特工，代号"菊花"。

经过艰难勘探，五人在中国北部某地区发现大量铀矿。大家击掌相庆，准备返回日本带人开采。当日午夜，一人突然暴毙，死因不明。第二天同样的时间，又有两人不明原因死亡。仅剩菊花与另一位学者。二人迅速收拾行装，匆匆逃离。半途中，学者口吐白沫，倒地抽搐而亡。黑暗中，似乎有一双无形的大手控制着菊花的生死。不过，此后一连多日，他却没有再遇到任何危险。

文件至此戛然而止，好似一辆高速行驶的列车，忽然驾驶员踩了急刹车，读起来并不是很过瘾。

黄穆清接着说："接下来我要讲的，是这件任务中最关键的一部分。你必须牢牢记住。

"文件的结尾，说四人已死，仅存菊花一人。菊花会不会面临同样的命运？他若也死了，铀矿的位置就无法传回日本，一切将前功尽弃。面对难以预测和判断的命运，菊花没日没夜地赶路。他以为距离死亡之地越来越远，就可以逃出生天。

"您的措辞告诉我，他一定是失败了，而且败得很惨。"江南毅说。

黄穆清从上衣口袋里掏出一张相片：一棵大树下面，躺着一人。

"菊花？"江南毅说。

"他的尸体。"黄穆清说，"注意身后那棵树。"

江南毅接过相片，看到树上刻着"天籁棋局"的血字。

多年来，江南毅有非常顽固难缠的执念：凡是与天籁棋局沾边的人，命都不好。

黄穆清的神情严肃起来："据来自日本军部高层的可靠情报，铀矿的位置目前还是未知数。菊花没有来得及传递消息就遭遇不测。他身上的铀矿地图去哪里了？江南毅同志，组织交给你的任务，是回国想办法查清来龙去脉，绝不能让日本人先找到铀矿。你的切入点，就是羽生白川。此人现在的身份是上海特高课少佐。情报里说，他与菊花早年相识，关系一度甚密。前几天，他托人找到我，要你的联系方式。我想，他看中了你身上的一些特质，大概率将邀请你任职七十六号特工总部。"

江南毅阴沉着脸，一言不发。短时间扑面而来的这些爆炸性消息，令他有些应接不暇，甚至措手不及。这些年，他渐渐习惯了日本平静又有些悠闲的生活。他主要的工作是协助上线（如今知道是黄穆清），帮弱小的日本共产党从事必要的党组织活动，宣传中国共产党的相关主张。有些时候，他要参加党组织召开的秘密会议，也会完成一些危险的任务，但与国内党员腥风血雨的日子相比，是有些小巫见大巫了。他常常从一些党员从国内带过来的报纸上，了解到国内党员的艰难处境。从蒋介石清党，到西安事变，再到抗战开始后焦点转向中日民族矛盾，建立抗日民族统一战线，江南毅觉得错过了很多。两相比较，他甚至有虚度光阴的错觉。他一度申请回国效命疆场，却迟迟得不到批准。而当他今日终于获得这一机会时，又莫名失落起来，对周围早已熟悉的一切有了依依不舍的情绪。

黄穆清走到书桌旁，打开抽屉，取出四瓶酒、两盒围棋子。

"你我一别，不知何时再见。临走前，想不想最后轻松一下？李白酒后作诗，你我酒后对弈。算给你饯行。这可是咱们中国的上好烧酒！"

当晚，在一间雅致的斗室里，一场没有硝烟的战争爆发了。

梅兰竹菊位于明净的窗几，香气扑鼻。棋桌的桌角，两个黄色小酒杯对影成双。一副精致的棋盘上，黑白厮杀，龙蛇游走，九曲纵横，玄机暗藏。

第二日清晨，二人敞胸露怀，四仰八叉，仰面朝天，双双醉倒于棋盘之上，黑白双子撒落满地，相映成画。阳光斜射进屋，棋盘金光闪闪，棋子银光阵阵。人、棋、空酒瓶，构成令人回味无穷的亮丽一景，定格在原地。若有摄影师在场，咔嚓按下快门，会是一张极具美学意味的优秀作品。

睡梦中，江南毅回到二十多年前的上海老家。十岁的他，开心地躺在母亲江王氏怀里，与哥哥江北流围坐于石桌旁，欣赏父亲江闻天与师弟季鹤鸣对弈。在少年江南毅眼里，棋局如行军布阵图，有山川，有河流，有暴风，有浪涛，还有他无法理解的一些阴阳，纵横寰宇，天地人间。

眼前一条金龙闪过，意气风发的青年江南毅正与江闻天舞剑。随性起势，剑锋相交，火花四溅，一招一式，闪转腾挪，如后羿射日，又似嫦娥奔月。剑舞银光之下，是一张硕大的石桌，正中央摆有一盘残局。父子二人默契地相视而笑。

时空骤变，斗转星移。江南毅抱着母亲江王氏的遗像，哭着朝父亲大喊："我没有你这样的爹！是你害死了娘！"

一旁的江北流见状大吼："你怎么敢顶撞爹?！还不赶紧向爹认错！"

"他不是我爹！"

江闻天气得满脸通红："江家没有你这样的不肖子孙！你给我滚！再也别回来！"

江海霓追过去："二哥！你不要离开我们！"

江北流死死拉住江海霓："海霓，别理他，让他走！走得远远的！"

"二哥！！"

江南毅紧紧地抱着遗像，疯狂地没命地跑出家门。

他惊醒而起。同舱的旅客睡意正浓，窗外是一望无际的深蓝色，海天相接，微波荡漾。江南毅这才想起，正身处东京开往上海的客轮之中。刚才不过是做了一场悲喜交加的梦，也许是太思念故乡的缘故吧。他已有整整十年没有回到故乡上海了，那是伤心之地，也是留情之处，是繁华之乡，也是清冷之所。这座城市，承载了他太多的希望与失望，储存了他太多的无奈与挣扎，嚼起来五味杂陈，咽下去甘苦俱在。

一周之前，他与黄穆清那番很不寻常的对话，印在了灵魂最深处。他这次肩负重要使命返回上海，实在是意料之外。他不敢说完全做好了准备，实际上根本没有任何把握。他不知道会遇到多么凶险的状况，碰到多么凶恶的人，不清楚将遭遇多少次九死一生的磨难，但既然做出了选择，他就会坚定不移地走下去，不抵达彼岸不会停止脚步。他心里有一道天然的坎，特别深特别陡，这么些年总是试图迈过去，却一次也没有成功，而且每一回都被坑里的荆棘刮得伤痕累累，鲜血淋漓，都需要恢复很久才能平复。他不愿意回到那个家，却又时时刻刻都在按照那个家赋予他的处世哲学做事，烙印之深，如同脸上被刺了一个大大的"江"字，再难抹去。江家，是他此生挥之不去又极力排斥的标记。父亲，是他最不愿提及的一个词语。这些交杂着爱恨的过往，也是复杂的矛盾情绪的聚集地，常常在夜深人静的时候折磨他的心神，把他脆弱敏感的神经拽出来扭一扭，转几个圈拧成麻花之后再狠狠地塞回去，搅得他彻夜难眠，痛不欲生。一番痛彻心扉的疼之后，常常发现脸上挂满泪珠。

此时此刻，他再次泪流满面。

众里寻他千百度。蓦然回首，那人却在，灯火阑珊处。来自辛弃疾《青玉案·元夕》的经典名句，恰是中共特工江南毅这一路的心境。

二

羽生白川默默地盯着两米外一张铁制的床。床上暗红色的铁锈迎着窗外直射进来的阳光，显得格外刺眼。铁床正中央，躺着一具新鲜的尸体。

尸体是有名字的，更准确地说，代号——菊花。一位颇具实力、颇负盛名、行事颇为诡秘的特高课特工。

羽生白川的眼前，浮现出菊花叱咤风云时的辉煌与潇洒。他一向佩服菊花面对大起大落、大风大浪时的淡定与从容，那是一份刻在骨子里的处变不惊，达到了美学的高度，是装不出来的。他从未想过，有朝一日要面对菊花的逝去。菊花这样的奇人，也会非正常死亡？对于死神而言，那简直就是一种奢侈。

他怔怔地发了一会儿呆，轻轻地走到菊花身边，伸出戴着白色棉布手套的右手，仔细地摸一摸尸首脑门的致命伤口。伤口周边的血迹早已变干，变成黑色结痂的血块。凶器直直地打入眉心，贯穿后脑，力道之大，似乎出自徒手。

羽生白川想，发射暗器的人，是少见的武林高手。

他缓缓地俯下身子，从裤兜里掏出一把德制的放大镜，仔细观察，如严谨的学究一样研究起伤口，脑海中想象着凶器的模样：偏圆形，边界均匀、光滑，挺像中国古代的暗器。

耳边响起一道惊雷，窗台溅起豆大的雨点。停尸房的窗户上很快铺满浑浊的雨水，顺着玻璃曲曲弯弯地流下，远看绘成一幅意境奇特的抽象画，预示菊花的死因也如这画一般神秘难解。

羽生白川想起两天前发现菊花的情景，历历在目。

他接到情报带人火速赶到时，菊花正斜倚在一棵大树下，身子歪歪扭扭的，嘴角半张，挂着淡淡的微笑。他的身上撒满金黄色的落叶，地上未见任何血迹与脚印，眉间圆圆的伤口上，插着一朵桃红色鲜花，花瓣有几分凋败。乍一瞧，竟产生三四分美感。

羽生白川早年和菊花一起研习中国书法。菊花写得一手好字，尤擅模仿颜真卿，足以以假乱真。羽生白川常自愧不如，十分羡慕这位师弟的天赋。他至今还记得二人月下共酌、挥毫作诗的壮观一幕。几杯日本清酒下肚，微显三分醉意的菊花，提起羊毫大笔，蘸足墨汁，挥就一首白居易的《长恨歌》，每一个字都在讲述凄美悲惨的爱情故事，君王贵妃比翼连理，洋洋洒洒，激情四溢。那一刻，羽生白川忘掉他来自东洋。他与菊花，太爱博大精深的中国传统文化了。

菊花自幼学习汉语言，熟读《周易》。他曾言道，这本可以预测人的命运的典籍里，处处充满难以言说的雄浑之力，有助于回归心如止水的澄明之境，更有利于理清纷乱庞杂的思绪，在灵光一现中找到有利的线索，解决现实的难破之谜。他不大喜欢读所谓的日本经典，比如《源氏物语》《日本书纪》，他说这些古书里蕴含的思想深度远远比不上中国传统典籍，不够厚积薄发，不够荡气回肠。他曾经对一位同样热爱中国传统文化的日本军官说，日本文化又浅又窄，与中华上下五千年的历史传承相比，是小辈和祖宗的关系。日本要成功，必须师夷长技以制夷，器物仿德国，文化学中国。这些惊世骇俗的言论，在当年引起不少人的反感。一些日本军人骨子里理解这种观点，但难以容忍对此公开表达，否则日本的自信不再、自尊无存。

在满洲特高课的短期训练班上，菊花是悟性最高的一名学生。他聪明勤奋，思想超前，又遍览中国古代兵书，并爱琢磨，擅取其中的基本原理，灵活运用于谍报分析，很得谍报鼻祖铃木大正赏识。他理解的"谍"，用羽生白川的话讲，超越了技巧之"术"，进入了战略之"道"。铃木大正预言菊花假以时日必然超过自己，成为军部的左膀右臂。羽生白川在日记里感叹道，菊花比他年轻整整十五岁，达到如此境界，可谓谍报界百年一遇的天才。

如今，天才陨落，一切灰飞烟灭，化为泡影。

菊花生前曾用《周易》里的占卜之法算过未来，说他会死于非命。羽生白川当时并不相信这些玄谈怪测，但此时面对冷冰冰的残酷事实，他不禁产生深深的无力感，觉得世上好像真有一种无形的力量控制人的命运。在一望无际的寰宇和深不见底的心思面前，肉体显得多么渺小、多么微不足道。

他想起明代杨慎那首脍炙人口的《临江仙·滚滚长江东逝水》：

> 滚滚长江东逝水，浪花淘尽英雄。是非成败转头空。青山依旧在，几度夕阳红。
>
> 白发渔樵江渚上，惯看秋月春风。一壶浊酒喜相逢。古今多少事，都付笑谈中。

世事无常啊！

羽生白川读过《三国演义》，里面有个情节，说的是蜀国副军师庞统不听诸葛亮夜观天象之言，执意进兵西川，结果被乱箭射死，殒命落凤坡。还有一段故事，关云长败走麦城，宁死不降东吴，终被孙权所杀。

羽生白川觉得，菊花的命运既像庞统，也像关羽。他兼具庞统的高傲与关羽的刚烈，一生奇遇而不得善终，不获善果。或许，因为他是日本人的缘故吧。

战争伊始，羽生白川就持反战的态度，尽管他从未真正流露过那样的情绪，也从未参加过任何反战的组织，相反还一直在积极做着对战事有利的工作。他私下里剖析过自己的分裂状态，最后归结于是天性缺乏胆量，不敢公然追求正确的理想，害怕受到强权的打压与欺凌，以至于前一秒还在暗自咒骂本国军人的凶残暴虐，后一秒又为他们顺利赢得某次战役不遗余力地搜罗情报。

忏悔与造恶，在他的躯体里共存共生，一时前者占据上风，一时后者又狂飙突进。精神分裂的人格，着实会撕裂灵肉的。

羽生白川出生于一个世代显赫的家族，从小受到良好的教育，弹得一手好钢琴，下得一手好围棋，写得一手飘逸超拔的中国古典诗词。战争开始后，与很多青年一样，他被送上战舰。他恪尽职守，却险些因一次小小的疏忽上军事法庭，后来是父亲的友人保下，安排他去特高课任职。从此以后，他如有神助，屡立奇功。不过，对于这项工作，他从来没有视之为一项值得长期做下去的事业，更感觉自己像一架被利用的机器，整日轰隆隆运转，没有情感，没有是非，没有善恶之分。他整日一脸忧郁感伤的样子，瞧着更像一位大学里教国文课的羸弱书生。

羽生白川蹲在菊花的尸首旁，一只手颤抖地取下伤口上的那朵鲜花。他流泪了，接着笑起来，即刻转成长号，像匹表情怪异的狼。宽阔的前额皱起纹的地方，始终像是在哭。几个手下从未见过他这般模样，站在那里迟疑，没有人敢上去劝。他兀自立在原地，一只手扶着树干，定在那里，像一尊上乘的雕塑。

秋夜在山坳里嗥叫，孤独中夹杂着无眠的悲哀与愤怒。

于他而言，菊花是知己，也是对手：患难与共的知己，比拼才华的对手。

羽生白川深深地叹了口气，按照他悲天悯人的性情，本不该来特高课这种阴森森血淋淋的活地狱。要不是这场可恶的战事，他会成为一名专治中日文学比较的优秀学者，今日或许已是东京大学的教授，站在讲台上眉飞色舞地讲着李商隐的诗情暗喻、夏目漱石的创作观，引起女学生的阵阵仰慕。他也许娶一位有才华的女学生作为妻子，两个人模仿中国古人，吟诗对唱，舞剑成双，再也不用与政治军事挂钩，潇潇洒洒地过足一生。

眼前的残酷场景，很快抛弃了那些虚无缥缈的幻想。菊花至死，也要为羽生白川留下一道难题。哪怕隔着阴阳，他也要继续卖弄才华，让羽生白川羡慕、嫉妒、恨。

那棵大树上，深深地刻着四个血字，暗迹斑斑，苍劲有力——

天籁棋局

羽生白川轻抚血字：一笔一画龙飞凤舞，刻痕极深。

自古以来，民间流传着一首名为《天籁棋局》的古诗：

棋路醉中现，

黑白乱世间。

一朝开玉门，

富贵赛王贤。

天籁棋局，一盘未收官的围棋残局。残局摆法云谲波诡，解法千变万化。传说中，残局里藏着一笔宝藏的大秘密，那是足可敌国的财富。只要找到"玉绒棋盘""青目棋子"，二者合一，就可以发现诗与残局之间的内在关联，成为宝藏的主人。三百多年来，试图觅宝解局者不计其数，无一成功，且均不得善终，或暴毙或溺亡或割腕或自缢或自焚，死状可怖。残局俨然成为一道变幻莫测的魔咒，高悬于人心之上，蛊惑欲望，掌控贪婪。

羽生白川熟悉菊花的字迹，这四字显然不是出自菊花之手。那是何人所为？是不是杀人凶手为了故意转移视线，欲盖弥彰？

羽生白川仔仔细细前前后后检查了菊花的尸首，并未发现有价值的破案线索。

他隐隐感到，又走到了人生的一个转折点。三十多年来，他的人生走过无数个转折点，每一次他都刻骨铭心，每一次他都重新认识了周围的人、周围的事，每一次他都找到了新的坐标。他从不把人生的转折点看成是命运走势的变更，而更多地当作是冥冥之力赋予的又一次其乐无穷的旅行。在这满载着未知凶险的征途上，他获得挑战自我、探究人性、重塑灵魂的宝贵机会，不论遇到的是妖魔还是圣灵，都坦然受之。

但这一次，前方的荆棘似乎格外地锋利，指明方向的坐标似乎格外地隐蔽。

三

作为曾经用情最浓、受伤最深、恨意最多的女人，秦苑梓对江南毅的爱与恨，早就达到难以言说的极致，并正不断朝着更加可怕的深渊加速驶去。

得知江南毅要回上海的消息后，她已连续失眠好几个晚上。多年来，她无时无刻不在用力地思念江南毅。江南毅成为挥之不去的幽灵，扎根在她的心房里。在老同学羽生白川面前，她却表现得若无其事，有时候羽生白川无意中谈起当年一起上学的日子，不可避免地提到江南毅时，她还爱开开玩笑，平静地附和两句。那言谈举止，似乎在讲一位陌生的路人。

每当夜幕降临，她习惯在沐浴后穿上淡粉色的睡衣，斜躺在窗前，倒上一小杯路易十三，就着淡黄色的微光，静静看着墙上那幅与江南毅的合影，微醺中浮想联翩。思至动情处，常常号啕大哭至天明。

她仍然清晰记得，刚认识江南毅时，就被他身上散发的迷人气质与风度深深吸引。他那精彩绝伦的演说、逻辑缜密的思维、幽默风趣的谈吐、敏捷利索的身手，都给她留下极为深刻极其美好的印象。尤其是他站在山毛榉旁认真思考物理学问题的样子，如同雕塑大师罗丹的作品，美丽到极致，也动人到极致。她承认，是对他一见钟情了。

她仍然清晰记得，在德国柏林大学最大的一块草坪上，她轻轻地勾住江南毅的脖颈，深情相望："我嫁给你，好不好？"不待他答复，她就凑上去，深吻对方柔软的嘴唇，久久也不停止。

在柏林机场，她和江南毅送羽生白川回国。羽生白川说："南毅君、苑梓妹妹，认识你们是我这辈子最有幸的事。你们身上保留着中国人的优良传统，温良恭俭让、仁义礼智信。你们是我最好的朋友。我永远不会忘了你们。希望咱们有缘再会，更希望你们能去日本找我。"

"羽生君，你一定要来中国参加我跟南毅的婚礼。"

她仍然清晰记得，那天江南毅不辞而别，音信全无。她几乎找遍了柏林的每一寸土地，问遍了与江南毅有关系的每一位朋友，打听了他可能去的每一个地方。一无所获后，她连续数月以泪洗面，绝望中欲寻短见，幸而被人及时发现救了过来。从那以后，她像变了一个人，整日喝得烂醉，拎着酒瓶四处游荡，如一只在旷野里失去方向的孤独的野鬼，几次都被流氓视为妓女当街调戏，几欲沉沦。羽生白川得知她的悲惨状况后，特意前往德国，精心照料，并准备接她到日本静养。她却在一个风平浪静的日子里毫无征兆地人间蒸发。两年后的重阳节，她再度出现在羽生白川面前时，脱胎换骨，成为极司菲尔路七十六号特工总部情报处处长，一脸春风得意，阴霾尽扫。眼中增添了堪比冰峰的冷酷，再难见暖阳般的温情。

世事就是如此难料。她朝思暮想恨极生悲的江南毅，即将打破往日的宁静，再次走进她的生活，扰乱她貌似平稳的节奏。

是福？是祸？是喜？是悲？

"苑梓妹妹，南毅兄是我力邀而来。我有一项非常重要的工作急需他的协助。他当初离开德国去了日本，在早稻田大学做物理研究。我也是刚刚找到他的踪迹，没有第一时间告诉你，是不愿让你想起那些悲伤的往事。我一向不喜欢伤害别人，尤其是对你。"

羽生白川的解释，秦苑梓不想听，更不愿意往深了想。这些甜言蜜语，都是羽生白川煞费苦心的托词。为了她，羽生白川始终未婚，曾多次向她表明心迹，她却忘不了江南毅，无法把真心交给这位特高课少佐。她不能欺骗羽生白川的感情。她觉得，在上一笔情债没有还清之前，不能再搅进另一段新的情感，否则对羽生白川也是不公平的。

她一直特别想亲口问问江南毅，当初为什么突然就不明不白地狠心地抛弃自己，消失得无影无踪？究竟是什么样的原因，逼得他能如此决绝地远离相爱多年的女人，连一句最起码的关心都没有？他难道就不怕她万一想不开先一步离开这个世界？他难道一丝半点都不担心她的安危吗？他到底有什么不可告人的苦衷？

　　这些疑问，是她心底最隐秘的暗礁，坚硬到无法自我破除，坚硬到只有冷漠才能掩盖那随时会爆发出的火焰。是不明就里的怒火，也是熊熊难灭的欲火。

　　"羽生君，你完全没必要这样想。江南毅这个人对我而言，与其他任何一位新来的同事没有区别。过去的事，我早不记得了。回忆，对从事我们这一行的人来说，除了引发致命的灾难，没有任何实质性的用处。我不会因为他的出现，产生什么不好的私人情绪。工作中，若需要协助，我定全力以赴。七十六号特工总部与特高课，本来就是一家。"她过分的冷淡与表里不一，让羽生白川感到难过和害怕。

　　最初，羽生白川觉得这女人被江南毅伤得太深，以为物极必反，不懂得什么是爱，失去了爱的能力。他一次次看到她设计出精巧的武器对付抗日分子，一次次看到她受到军部嘉奖，一次次看到她玩命地熬夜工作，变成一具活生生的冷血动物，不禁深深地惋惜。

　　不过有一点，羽生白川很坚定。不论怎样，他都要保护秦苑梓不受到任何伤害。他不能让心爱的女人被其他的男人欺负，哪怕这女人对他根本没有感觉，哪怕那个男人是他最好的朋友。何况，于私于公，皆需如此。

羽生白川还面临很大的压力。菊花之死引发了诸多未解之谜。军部限期破案，要求必须找到标有铀矿位置的地图，"寿司"计划绝不能出现任何闪失。这一计划的成败，直接决定日本在第二次世界大战中的命运。据说，美国与德国都已展开原子弹的相关研究。倘若希特勒先成功，日本尚且有望回旋；若是美国先行一步，希特勒怕是也自身难保。这个德国疯子实行的种族灭绝政策，让很多富有才华的犹太裔物理学家背井离乡，逃亡到美英等国，以至于德国失去不少核物理人才。基于这样的严峻形势，鹿死谁手真是难以预料。

日本必须依靠自己，依靠本土的物理学家，抢在美国前面研制出原子弹。决定研发进度的关键因素，一是找到地图，二是掌握高度浓缩铀的技术。江南毅和秦苑梓，正是可以提供巨大帮助的两个人。

羽生白川还有一点私心。

他刚刚得知，为尽快推进"寿司"计划，军部委派星野太一从日本来到上海督导。此人背景很深。在日本最负盛名的几大望族中，星野家族排在首位，精英迭出。星野太一更是精英中的枭雄，格局视野很高，颇具文韬武略，是军部的座上宾。此人行踪极为诡秘，至今连一张清晰的相片都没有，据说一向跋扈骄横，我行我素，目中无人，实在不是让人舒服的合作对象。若江南毅、秦苑梓二人加入，或许可以联手制衡他。

羽生白川暗自得意，此次把江南毅请到上海，得益于一直以来对这位老同学的关注。江南毅的才华，他一直欣赏有加，总觉得此人是成大气候的材料。前些日子，他无意中在《朝日新闻》上看到江南毅的名字，无比惊讶。原来，这位消失多年的老同学竟成为早稻田大学的核物理专家。他不禁大为欣喜，迅速通过日本的情报网联系早稻田大学，与江南毅所在研究所的所长黄穆清通气。得到黄穆清首肯后，他给江南毅写去一封长长的电报，字斟句酌，尽叙昔日情谊，详述胸中抱负，力邀其来沪一聚。本来江南毅就是上海人嘛！过几日，他收到江南毅回电，说美意盛情难却，很愿意赴兄之约，但也请容我稍作考虑再作定夺。以他对江南毅的了解，那就是八九不离十！他显得有些志在必得了。

当然，例行的背景调查是必不可少的。这些天，日本方面的情报人员反馈说，尚未发现江南毅和共产党、国民党或其他抗日组织有何瓜葛，此人背景十分干净。

羽生白川站在卧室中央，欣赏着墙上挂着的一幅油画。那是江南毅的作品。画中，一阵轻柔的海风吹过，沿着船头飞来一群白色的海鸥，欢快地叫，海浪声与鸟鸣声交织在一起，奏起一曲浑然天成的交响乐。

他有些迫不及待了，希望尽快见到久违的老同学，携手并肩，披荆斩棘，做出一番在他看来很伟大很光荣的事业。之所以光荣伟大，是因为只要原子弹研制成功，这场战争就有可能提前结束。作为一个骨子里厌恶战争的人，他想通过这种更加残酷的手段终止另外一种残酷。与其慢慢耗尽资源，不如用一次性大量伤亡的代价换来永久的和平。这，就是羽生白川的反战逻辑。

江南毅头戴一顶藏青色鸭舌帽，身穿一件长过膝盖的深蓝色风衣，左手拿一本线装书，正在甲板上漫步，边走边读，不时停下来思索。身边的俊男靓女拍照嬉闹，大声喧哗，他好像丝毫没有听到，完全陶醉在自我的世界里。

"先生所读，是哪家的棋谱？"

耳边响起一个浑厚的、有些苍老的声音。江南毅抬头，看到一双深邃的、犀利的眼睛，里面射出令人不容置疑的光芒。一位六十岁左右的老人，腰板笔直，眉宇间隐隐透露着追天逐日的霸气。

江南毅忙说："老先生好。我读的是《玄玄棋经》。"

"唔？这可是一本好棋谱啊！此书写成于元朝至正九年，分'礼、乐、射、御、书、数'六卷。作者中有一位，是元朝棋手严师，字德甫，江西庐陵人。"

"原来老先生是行家。失敬，失敬。"

老人微微一笑，感叹道："元朝这朝代好啊，疆域广阔、国势强盛，不同品质不同形态的文化大碰撞大交融。那是混乱的时代、自由的时代、不幸的时代、幸福的时代。元代人活得苦恼，元代人也活得风流。浪漫放纵率性任情大行其道。浪子、隐逸、斗士三位一体！"

见江南毅认真在听，他又说："年轻人，你是否知道中国古代的五大绝世棋谱中，有一个《妪妇谱》？"

江南毅想了想，说《妪妇谱》的故事，讲的是唐朝围棋国手王积薪有次借宿，房东是一位老妇人。夜晚，听见老妇人和儿媳妇躺在床上对话："夜很长，一时睡不着，咱们来下盘围棋吧！"老妇人说。王积薪好不奇怪，心想："屋里没有灯，躺在床上怎样下围棋呢？"便侧耳谛听。"起东南九放一子。"儿媳妇说。"东五南十二放一子。"老妇人回答。"起西八南十放一子。""西九南十放一子。"……两人你一言我一语，总共下了三十六着棋。忽听老妇人说："你输了。"儿媳妇说："是我输了。"王积薪暗暗地记住她们下棋的全过程。第二天，用棋盘重新演示一遍，简直妙招迭出，用意独特，是他万万想不到的。可惜，此谱未流传下来，成为绝世之作。

老人哈哈大笑："婆媳二人当真是女中豪杰，短短一盘棋下得荡气回肠、才情纵横啊！年轻人，你知道得如此清楚，娓娓道来，看来你是真爱围棋，真琢磨棋谱。敢问尊姓大名？"

"老人家谬赞了。免贵姓江，名南毅。"

老人讶异道："姓江？恕在下冒昧。上海的围棋世家江家可与你有关系？江闻天江老先生你可认识？"

江南毅一愣，随即说："我不认识。不过天下同姓本一家，您说的那位江老先生，我跟他应该五百年前是一家人吧。"

"江先生讲得有理。在下星野太一，来自东洋，热爱围棋很多年了，平常有事没事，喜欢找人切磋两盘。有时候，一盘棋下上一个月都未必能分出胜负。不过这长线作战和谋篇布局的功夫，就是围棋之乐啊！中国象棋日本将棋什么的，都达不到这个程度。真没想到，旅途中能遇见棋道中人，真是有缘。年轻人，有机会要向你讨教一盘。咱俩也文火慢炖，杀上一个月。"

"星野先生，我才疏学浅，怕是棋力不足，会让您失望。"

"哈哈哈，江先生过谦了。棋力是一方面，更重要的，是智勇双全。我瞧江先生面相，像是勇谋兼备之人。一定要下，一定要下！"

二人正谈话间，汽笛长鸣，客轮靠岸。大名鼎鼎的上海滩到了。

羽生白川站在接站的人群里，穿一身长袍大褂，黑色布鞋，戴一副圆形眼镜，右手握一块银色怀表，左胳膊下夹一本线装书，立于轮船停靠地不远处。他远远地看见江南毅下船，便招手示意。

江南毅也远远地瞧见他，对身边的星野太一说："星野先生，短暂的旅途中，很高兴结识您。我朋友来接我了，与您就此别过，希望有机会再向您正式请教。"

　　"江先生，与您相遇真是人生的一件幸事。生命就是这样奇妙，不知道在什么时间什么地点就会拉近两个陌生人之间的距离。来日方长，我们定要好好下一盘。后会有期。再见！"

　　言毕，他掏出一把中国的纸扇，展开轻摇，径直走下甲板，望了羽生白川一眼，悠然朝南而去。

　　江南毅看着他远去的背影，觉得这位老人身上有种特别的神秘感，但也夹杂着一股难以言说的狠劲。他来不及细想，已被快步走上甲板的羽生白川上前一把抱住。

　　羽生白川兴奋地说："南毅兄，多年不见，别来无恙啊！"

　　江南毅笑着回应："羽生兄，你的汉语愈加炉火纯青，比我们中国人还中国人。"

　　"南毅兄的幽默感，依旧是那样独特。你现在可是长得比上学时更加高深更令人难以捉摸了。"

　　江南毅上下打量羽生白川："羽生兄这是说我变老了，岁月不饶人，我们都过了而立之年。瞧你这一身严谨有序的打扮，俨然一位学富五车的教书先生，令我刮目相看。"

　　"唉，都是混口饭吃，战火下的日子不好过啊，不像咱们在德国那会儿，自由自在，肆意妄为。南毅兄，德国一别，距今已多年。物换而人未变，你能来助我一臂之力，相信我的项目定会进展迅速。"

"羽生兄，到底是什么十万火急的项目呢？"

"这事有的是时间谈。今晚先轻松一下，给你接风，顺便再去见位老朋友。走，上车！"

江南毅跟着他钻进一辆黑色小轿车。一路上，羽生白川侃侃而谈，全是在回忆当年的往事。他一直暗暗观察羽生白川的一举一动，明知这位老同学供职于特高课，但其装束衣着、举手投足、表情言行，都像极一位儒雅的大学教授。羽生白川的行为状态，感觉是刻意细雕出来的，是高精度模仿形成的。最关键的一点，是他不经意间流露出来的习惯性眼神，是长时间高度紧张才产生的下意识警觉。只有这警觉，才可以让人联想到他的真实身份。

江南毅想，羽生白川是善于观察的人，不知他会从我身上发现何种特征。

羽生白川也在观察着江南毅。眼前这位昔日形影不离知无不言的好友，身上多了过去从未具备的凌厉和机敏。他果然是一名优秀的物理学家，强烈的好奇心和超凡的想象力形成他质疑万事万物的本能。这让羽生白川不由得想起死去的菊花。有那么一瞬间，他觉得选江南毅来上海是正确的，这家伙从某种程度上而言，很像菊花。

羽生白川暗想：长期的孤独的科学研究，足以改变一个人的内在性情。

　　他不免莫名地生出一丝遗憾，其实江南毅更适合成为真正的物理学学者。只可惜，他必须参与到"寿司"计划中，为日本的未来付出毕生的才华。这并非他的本意，就连他自己都是裹挟在不可逆的时代大势中被动往前走的，在人生的棋盘上，他是一颗微不足道的、可怜巴巴的小棋子，当前的每一步都是违心却身不由己之举。江南毅的加盟，就是如此。起初，他曾认为这是作为昔日同窗赠予江南毅最好的礼物和荣誉，还相信江南毅会理解这一良苦用心。但今天当他真正见到江南毅时，忽然有些怀疑当初的决定是不是错了。

四

圈套的设计者，常常来自于熟人，这才最容易让猎物丧失警惕性。直觉告诉江南毅，他正一步步走入一个精心编织的、熟悉的圈套。

"南毅兄，喜欢这里吗？你是上海人，对这地方肯定不陌生。今晚，我特意为你订了位子，带你回归家乡的熟悉味道。"见江南毅站在浦江饭店门口驻足观察，羽生白川说道。

面前的浦江饭店，始建于清道光二十六年，清光绪三十三年扩建为维多利亚巴洛克式建筑，是上海最豪华的西商饭店，也是中国及远东最著名的饭店之一。这里是江南毅小时候常来玩的地方，这里的每一道菜品都是母亲江王氏最喜欢的，这里的一景一物都容易令江南毅如多愁善感的女子那般睹物思人。江王氏去世后，他再也没有去过这家饭店。他害怕在这里看见母亲的影子，害怕唤起过去的记忆，害怕再次走进深不可测的噩梦。

但江南毅还是表现了初来乍到的陌生感："这饭店我知道，不过一次都没有来过。今天托羽生兄的福，长长见识！大门口的草书写得不错，很有明末董其昌的风格，有劲！"

谈笑风生间，他和羽生白川并肩走入包房。有几个年轻人已在里面等候，见到羽生白川，纷纷恭敬地站起身。

羽生白川一一介绍："南毅兄，这几位都来自极司菲尔路七十六号特工总部，算是我的同事。各位，这是江南毅先生，我在德国留学时的同学，日本早稻田大学的教师，研究核物理，高材生、大才子啊！今后，大家就要在一起精诚合作，万望金石为开。"

那几个人纷纷上来握手问好，佳词丽句铺天盖地般砸向江南毅，一个个嘴里抹了蜜一样，一听就是平常阿谀奉承惯了的，张口就来，流利至极。江南毅正听得浑身起鸡皮疙瘩时，秦苑梓走了进来。

来之前，秦苑梓做了充足的思想准备，见到江南毅时该有什么表情、说什么话、产生什么反应，都一一拟好，并事先独自面对镜子反复演练多遍，执着认真的劲头好比一名即将上台的话剧演员。直到她自认为完全不会产生任何下意识的流露，足够以一名专业表演者的状态面对，才精心穿戴打扮，按照羽生白川指定的时间赶往浦江饭店。然而，一看到江南毅，她之前的一切筹划一切细节一切演技全都忘了，大脑一片空白，双脚如灌铅，双手像遭电击一般，麻木得完全不听使唤，眼泪蓄积在眼眶里，随时准备奔涌而出。她整个人，面临随时失控的状态。

任凭岁月消磨，初恋的感觉却一点都没有变。看到他的第一眼，她就知道！

见到秦苑梓的一刹那，江南毅登时意识到，这是羽生白川故意设的局。醉翁之意不在酒。他早听说苑梓回到国内，但没想到在这样的场合见到她，一点心理准备都没有。

当年，为完成党组织交付的任务，他不得不与秦苑梓不告而别，却一直暗中密切关照着她。苑梓的绝望轻生、痛不欲生、醉酒沉沦以至麻木不仁，他都一一看在眼里、痛在心里、苦在梦里。是他第一时间发现苑梓割腕自杀，冲过去急救处理并通知医生，在救护车赶到后悄悄离去；是他看到喝得不省人事的苑梓遭到当街调戏，狠狠教训流氓，扶着她回到住所，坐在床边静静地看着，听她梦里喊自己的名字，天亮前默默亲吻她的额头，伤心地黯然离去；是他远远瞧着羽生白川精心照顾整日恍惚的苑梓，近在咫尺但无法上前打一个哪怕最简单的招呼。唯一始料不及并难以控制的，是苑梓不知何故突然加入七十六号特工总部，开始替汪伪政权做事，为日本人卖命。

苑梓为何要成为人人唾弃的汉奸？这是他至今迷惑的一道难题。

十多年，苑梓在他心中从未离开。他了解苑梓，知道今日她有勇气出现，同意来见他，想必是经过很大的挣扎吧！

有一瞬间，江南毅愣愣地定在那里。他与秦苑梓的眼神跨越时空，穿过遥远的银河，在无声的沉默里，试图走进对方深邃难明的心灵。他真希望找到一剂立竿见影的灵丹妙药，抚平苑梓从未愈合的伤口。

羽生白川读出了空气里微妙的尴尬，欲主动上前缓解复杂的氛围。谁料江南毅抢先一步，径直走到秦苑梓面前，伸出手，面色平静地说："你好。"

这两个字，在秦苑梓听来，实在是冷漠至极。她一激灵，顿时从昔日的温情中清醒过来，用尽全身气力，让表情回到冷若冰霜的常态，尽管看上去是那样扭曲，甚至有些变态。

她没有伸手，扭头瞧向羽生白川："羽生君，这位是你的朋友？"

羽生白川难掩尴尬："啊，是的，你们真是贵人多忘事。苑梓，这位是江……"

"江南毅先生。我想起来了，当年在德国承蒙您的照顾。还要多多谢您。"

苑梓说完，使用标准的日本礼仪冲江南毅深鞠一躬，久久不起。

江南毅如鲠在喉，立在原地，无言以对，无行以示。

羽生白川暗想：你们两人唱的什么对台戏？过去是恋

人，如今反目成仇？女人真是可怖的动物，一旦受到感情的伤害，便牢牢地记在心里，遇到机会便持久地进攻，丝毫不给对方喘息之机。你江南毅别怪苑梓心狠，当初无缘无故地抛弃人家，让她独自承受孤独与痛楚。现在人家不给你好果子吃，没有好脸色，也是活该。不过，这两个人今后还要在一起工作，共同推进"寿司"计划。总这么着别扭着可不行。

他主动打破冷场，走到桌前，端起一杯洋酒："诸位，今天是值得高兴的日子。新老相聚，蓬荜生辉。一是欢迎我的老同学、老朋友江南毅先生的到来。江先生将担任极司菲尔路七十六号特工总部总务处副处长一职。江先生这个人，用八个字形容：坚卓刚毅，正气凛凛。我敬佩他的为人，能再次有幸跟他一道合作，是我的荣幸，是诸位的福分。二是期待我们的研究项目早日结成硕果，为中日两国的共同繁荣贡献一份力量。让我们共同为江先生的加入、为值得自豪的事业，干了这一杯！"

大家纷纷举杯，高声附和。那几个属下你一言我一语地夸赞羽生白川的发言，说他高屋建瓴，有高度有内容有气场有思想，文采飞扬，简直堪称样本。秦苑梓走到桌前，直接拿起一整瓶洋酒，对着江南毅："欢迎你，江先生。合作愉快。"说完，端起酒瓶猛喝。众人都看傻了，羽生白川急忙过去制止，却被秦苑梓抬手挡住，未拦住。江南毅一个箭步上去，抢下瓶子。大半瓶高度数洋酒已喝得露出瓶底。

秦苑梓喝得太急，摇摇晃晃地倒在椅子里，之后什么都不知道了。

这一出戏，彻底打乱羽生白川今晚的计划。他本想晚饭结束后，带江南毅去特高课专设的核物理研究所初步了解，为下一步正式参与"寿司"计划做准备。研究所的位置十分隐蔽，设在上海郊外，戒备森严，以防共产党和军统的谍报人员渗透破坏。这下倒好，事先拟定的剧本全都失去作用。他与江南毅一起扶着秦苑梓回住所，一路上羽生白川忍不住抱怨，说江南毅这些年伤透秦苑梓的心。"造成今天的局面，你江南毅负有巨大的责任！我本来想当个和事佬，利用你刚抵沪的大好机会创造契机，化解你们二人之间的矛盾。我这是替你着想，她的官职比你大，将来免不了你们两个部门要在一起合作，你难免要有求于她，一开始就这么拧巴，以后很多事情都不好办的。"江南毅既不赞成也不反驳更不接话，全程一声也不言语，最后弄得羽生白川倒觉得是有些自作多情。二人送秦苑梓到家后，扶着上了楼，安置好以后，江南毅说我先走了，羽生白川拦住他说特高课专门安排了住处，以后那里就是你的家，执意要开车送过去。江南毅说你贵人多忘事，我是上海人，在这里有家，不劳烦羽生兄费心了，随即头也不回地离开。羽生白川这才突然想起来，江南毅还有一个知名的爹叫江闻天。江家可是名门望族。

"他不是跟家里关系不好，很多年都不入家门了吗?"羽生白川叹息道，江南毅真是死要面子活受罪的一个人，一点没变。

他安顿好秦苑梓，回家时已是深夜。进屋时，觉得气氛有些异样，他下意识地掏枪，开灯，发现沙发上正端坐一人，手里端着一个茶杯。

"羽生君，你家藏的龙井，还是不错的，算上品吧。"

羽生白川上前两步，持枪对准他。

"羽生君，你和江南毅、秦苑梓的三角恋，应该结束了吧? 德国的那些过往，都已是过眼云烟，不值得留恋。作为一名特工，被感情所控制可是大忌。"

"你是谁? 你怎么进来的?"

"羽生君，你现在最重要的任务，是把注意力聚焦在'天籁棋局'这四个字上。那或许是我们找到铀矿的关键。"

"你到底是谁?"

那人站起来，直面黑洞洞的枪口:"作为督导，我给你上的第一课，可是不让人满意啊! 家里进人都察觉不到，这样差的警惕性，你怎么和军统斗? 又如何斗得过共产党?"

羽生白川愣了:"你是，星野太一先生?"

星野太一缓缓放下羽生白川手中的枪:"有一点我要提醒你，江南毅这人不简单，他必须经过更加严厉的考验。否则，万一是一颗定时炸弹，那你我谁都负不起这个责任。"

羽生白川开始相信军部的传言。星野太一从不拘泥常法，来去无踪，形同鬼魅。他如何旁若无人地走进房间？门锁没有任何毁坏迹象，是怎样打开的？之前早就接到他要来的通知，说是走海路，但并不清楚是哪一班船，军部未提供任何信息，正准备这几天再发电报问问，未承想人家早就神不知鬼不觉地来到上海。他似乎很了解自己跟江南毅、秦苑梓之间的事，他是怎么知道的？他如何认识江南毅？

羽生白川有些不寒而栗。星野太一的到来，让他觉得身后似乎总有双眼睛在盯着。这是特工生涯中从未遇到的事。他早习惯紧盯别人的后背，今日头一回体验到被人掌控行踪的恐怖。作为贵族子弟，他难以容忍这样的羞辱。星野太一还怀疑江南毅，暗指他选的人不可靠。他的自尊心受到强烈侵犯，自信心遭遇严重质疑。

正当羽生白川和星野太一交锋时，江南毅乘黄包车来到江家大宅附近，远远地看着门前通明的大红灯笼、威武雄壮的铜狮、陈迹斑斑的石阶，静静地感受那个充满爱与恨的家。

他看到娘姨开门，低头挎着篮子，朝东南方的一条小巷子走去。巷子里，有一家专做灌汤包的小店，那里有江闻天最喜欢吃的夜宵。每晚同一时间，娘姨都去买。这习惯，持续了快二十年。

江南毅知道，他无法迈进家门。他迈不过心里那道坎，一道很深很硬的坎。那是父亲亲手搭建起来的鸿沟。离开家的这些年，多少次他试图去找到原谅父亲的理由，但每一次都被硬生生地撞了回来。当年家中失火，母亲和二姨太双双陷入火海，他的腿被掉落的房梁压住，他站不起来，只能躺在地上，眼睁睁看着父亲先背出二姨太，失去挽救母亲的良机，致使他永远地失去了她。母亲之死，父亲负有不可推卸的责任。

　　此次返沪，江南毅纠结了很长一段时间。他有时想，若非组织委派，也许一辈子都不再回到这座令人悲伤和压抑的城市。他宁愿抱着母亲的遗像，在异国他乡终老此生。

　　如今，他要以七十六号特工总部总务处副处长的身份示人。很快，这一消息会传到江家。江家祖祖辈辈，历来都是精忠报国的忠烈良将，孕育过抗倭勇士，诞生过民族英雄，但从来没有出过汉奸。江闻天知道他儿子变成令人不齿的卖国贼，会怎么想？怎么看？能否承受得住？江南毅明白，在完成党组织交派的任务之前，他必须时刻顶着汉奸的名声，必须时刻忍受着所有人的误解，甚至冒着被抗日锄奸队暗杀的风险，如履薄冰战战兢兢地在这座城市里艰难地生活。不，是艰苦地生存。

　　这，是他必须完成的使命。不论前方有多大的暴风骤雨，不论前路有多少荆棘险滩，他必须用命扛过去，必须咬牙挺过去。否则，日本人的计划一旦得逞，遭殃的是芸芸众生，受苦的是各行各业的老百姓。若因他江南毅的失手而害了那些萍水相逢擦肩而过的陌生人，那简直比真的当汉奸还要难受千倍万倍。

这，是他的信仰和坚守。为了那许多素不相识的男女老少，他虽九死而无悔。

此时，一位两鬓斑白却气宇轩昂的老人正坐在书房里，看上去气定神闲，内心实则五味杂陈。他平生最钟爱的小儿子南毅，不知道正在做什么？十多年了，真是无比漫长的岁月啊！从江南毅离家那日起，他没有一刻不是在悔恨和痛苦中度过。那天，他把自己锁在祠堂里，任凭老管家阿四叔和女儿江海霓怎么喊怎么叫怎么求都不出来。他何尝不想出去？但双腿如同挂上重若千钧的铁球，心房上就像搭了一座永远跨不过去的大桥，将他与儿子隔开十万八千里。就这样，江南毅从此离开，再未回家。没有一封电报、没有一封家书、没有一声问候，甚至没有一个最简单的口信。他与江南毅之间的那个结，系得太紧太死，早已成为死扣。他太了解这个儿子了。江南毅太像他江闻天，简直如出一辙，太好强，也太重感情，太桀骜不驯，眼睛里容不得哪怕一粒极其微小的沙子。他们父子俩，没有谁愿意主动先低下头，更没有谁愿意先去跟对方认错。僵持着、硬生生耗着，变成了二人面对的常态。一天天、一月月、一年年，耗成了又痛又苦又疼的心病。

江闻天就这样在屋里坐着、静静想着，一直坐到曙光从地平线升起。

江南毅就那样在街边站着、远远望着，一直站到东方泛起鱼肚白。

五

"侬好！侬晓得……霞飞路一百一十七号怎么走……伐？"

操着一口不算流利的上海话，星野太一沿路问询，于正午时分站在江家大宅前。正待叩门时，一位年过半百的老妇人打开门走出来，手里挎着一个菜篮子，看上去像是一位娘姨。

星野太一亲切地问道："侬好，请问是江闻天老先生家伐？"

娘姨奇怪地看看他，快速回头朝里面喊一声："阿四叔，有客人到啦！"说完，伸手紧紧胳膊上挂着的菜篮子，没有理会星野太一，低下头匆匆往外面去了。

不一会儿，一位五十岁左右的男人走过来。他穿一件深蓝色对襟马褂，白色长衫，头戴软胎黑色瓜皮帽。帽子以六瓣合缝，缀檐如筒，帽顶上有个翡翠结子，帽缘正中央用一块磨成菱形的珊瑚作帽准。

阿四叔缓步走到星野太一面前，礼貌地问："老先生，请问您找哪一位？"

"喔，我是专程来拜会江老先生的。"

阿四叔略微打量："老先生您是东洋来的吧？"

星野太一面露惊讶："先生好眼力。我叫星野太一，来自东京。"

"哦，我们家老爷出远门未归。您看可否改日再来？"

星野太一忙道："喔……打扰了！敢问他什么时候回来？"

阿四叔慢条斯理："这我说不好。我们家老爷素来随遇而安，喜欢外出谈艺论道，或访僧道于山岭之上，或寻老友于村落之间，或乐琴棋于府院之内，莫测往来，不知去所。"

星野太一哈哈一笑："江老先生有诸葛孔明之才，自应循卧龙之风，展翼翱翔。我自当择日再顾茅庐，接续前缘。打扰了。"

言毕，他转身离去。阿四叔站在原地，盯着他的身影消失在街道拐角处，关院门，转身穿过百花繁茂的庭院，走过雕梁画栋的长廊，停在一间古色古香的正房门口。门开着，江闻天正在挥笔作画，一只雄健的黑色苍鹰跃然纸上，炯炯有神。他的身边，一位四十出头的中年男性正认真地研墨：一身蓝色长衫，眼睛不大，满脸都散落着孝子的恭敬。

"老爷，有位自称星野太一的东洋人刚才找您，被我打发走了。"

手中正在舞动的毛笔悬于半空，江闻天望着那只即将完工的苍鹰："他？稀罕。稀罕了！"

　　"爹，这人是谁？"中年男性问道。

　　江闻天放下笔，双手持起苍鹰图，仔细端详："北流啊，苍鹰若困于樊笼，任凭它生性再凶残也难有用武之地，但如果放飞山林、遁入云海，则大鹏展翅，本性毕露，猛虎雄狮未必能敌。"

　　他把苍鹰图递给江北流："星野太一是一只凶狠的、自由的苍鹰。你要记住，以后再见到这个人，须提防三分。"

　　江北流从不忤逆父亲之意，恭恭敬敬地答应："知道了。父亲。"

　　江闻天踱至内室门口："我累了。阿四，给我捶捶腿。"

　　"是，老爷。"

　　江闻天见江北流还站在那里："北流，你先出去吧。"

　　直觉告诉江北流，父亲和阿四叔有事情要谈，且有意不让他听见。他虽不太情愿，却依旧恭敬地说："是，父亲。您好好休息。"

　　江北流出正房，阿四叔走过去关上门，回到内室，上锁，蹲下身子，给半卧在躺椅里的江闻天捶腿。

　　江闻天缓缓地闭上眼睛："日本那边有什么消息？"

　　"早稻田大学发来电报，说二少爷启程回沪。算日子，这两天应该到了。"

江闻天没有作声。

阿四叔等一会儿，又说："老爷，这事要不要告诉大少爷和三小姐？"

江闻天说："北流那孩子心思重，海霓天性单纯。他们还是暂时先不必知道。"

"晓得，老爷。"

阿四叔顿了顿："血浓于水，没有什么结是解不开的。二少爷在外漂泊这些年，总是要叶落归根。"

江闻天再次沉默，片刻后递给阿四叔一张纸，说："这几日我又给北流算了一卦。你看看。"阿四叔接过来，只见上面写着：

　　身体符合丙子之相，尤其面相气息吻合生年，丙火以木为印，出生年的甲子官印相生，能具较强悟性，可助旺一生的文化内涵，也可助旺应考运。然偏印不能学有所用，所致官星消退，性格内外不统一。丙子上火下水，阳火对阴水，一生气势受心所限。从面相体相都能观到丙火不通根，所学不可完全发挥，所做不能如意。

　　八字中问题有二。其一，子水官杀近身，财印相伤成态。官星逢空，杀强近身，虽得印星制服，但时强时弱，形成矛盾性格，也出现克制太过，显出木气不够灵通，不可为官。今年开始行正官大运，会不舒服，矛盾多，性格内外不协调，也易醉酒、埋怨、消极。丙火为官必能亨通，只是丙火无根，能合化子水之神又空，官运之神也空，官贵落空。

其二，财印左右相伴，财星影响行动力，家学阻滞财气。财印相伤，财克印星。丙日主生于午月乙未时，乙木盘根于未，印绶得地而旺，午未亦合，化伤为劫，虽系木火土三神，实则势皆成火，印比两旺，以枯燥为患，故喜有旺水以济之，此时水临绝位，最易熬干，有金来发水之源，则水之精神健朗，可从容制火。此乃八字全局之亮点，又行二十年印运，中年之后家学得以发挥，木气旺盛生火通明，也是做一番事业之大运。

手相是木火土之相，木阳克土，自我克制，火旺生土，过于温情，被金所累，官星为鬼，缠绕周遭，不得地利，不得人和。手背通体青白，乃近三年金水之气外现，故而气息不通，木火通明为上。可无为，可决断，可求名。

莫在乎外相，内心要如木根透土，强力肯定，不断力破阻滞，将迎二十载好运。不可用财，尽量清净，定心定力。

阿四叔喜道:"大少爷运势不错,未来可期。且正如老爷所盼,不适合为官,正可继承祖业,光大门庭。不过,我知道,老爷更在乎的,其实是二少爷。唉,可惜他不在身边,否则老爷也占一卦,运势想必更好。"

江闻天脸色阴沉:"我想睡会儿。你先出去吧。"

阿四叔还想讲什么,但还是把到嘴边的话咽了回去。他默默地站起来,转身打开门。

江闻天又叫住他:"星野太一十几年以后突然露面,怕是冲着那东西来的。你去转告我那不争气的师弟,让他当心。"

"晓得,老爷。"

阿四叔关上门,走出正房,听到内室里传来一声长长的、沉重的叹息。

星野太一离开江家后,坐上一辆黄包车,七拐八绕,来到一条破破烂烂的弄堂。弄堂里是一户户破破烂烂的矮房子,一瞧就知道是底层人住的地方。蹬到最尽头,黄包车停在一户人家门口。门的正上方挂着两串小铃铛,铜质的,早已锈得失去本色。木质门把手掉了一颗螺丝钉,耷拉着斜挂在那里。门上的油漆掉了好多块,显得坑坑洼洼。

黄包车夫扭头瞧瞧穿戴体面的星野太一,忍不住多句嘴:"先生,您确定是这里?"

星野太一掏出两张纸钞，递给黄包车夫："您可不要小看这种貌似不起眼的地方，越是这样的处所，往往可能隐藏着高于天的大智慧、大机关。您辛苦了。"

黄包车夫挠挠脑袋，莫名其妙地拉着空车走了。

星野太一准备叩门，听见身后有异样的声音，回头一看，后面墙上的一个狗洞里，慢慢露出两条小粗腿，接着出来一只肥胖的屁股，一扭一扭，再出来一团胖墩墩的躯干，最后是一个圆圆的、大大的脑袋。

那人爬出狗洞，伸手从洞外拽进一个鼓鼓囊囊的包袱，拎起来，使劲掸掸上面的尘土，站起身，长呼一口气：

"真他娘的累死爷了！"

他一转身，正碰到星野太一的眼神，吓一跳，下意识地抱紧包袱，上海方言脱口而出："侬，侬做啥？！侬站阿拉家门口做啥？"

星野太一不紧不慢，深深作揖："季鹤鸣先生，久闻大名，如雷贯耳。您好！"

那人神经紧绷，换成北方官话："你，你是谁？你认错人了。"

星野太一神态依旧："举世闻名的棋王季鹤鸣先生，当年以三目半险胜围棋大家濑越宪作，名震东京，无人不知无人不晓啊！"

季鹤鸣双手愈加紧紧攥住包袱："你真是认错人了。请起开，这是我家。"

他快步朝家门走去。身后的星野太一继续说："季老先生潜龙卧海，简居于此，整日粗茶剩饭，淡名泊利，一心追求棋艺至高境界，不愧是大家。星野太一真心敬服！"

听到"星野太一"四字，季鹤鸣停住脚步，浑身一震，脸上瞬间翻云覆雨、电闪雷鸣，几秒钟之内，眼珠滴溜溜转了又转。

从脚步与身形的微妙变化里，星野太一察觉到季鹤鸣的心理变化，不由得暗暗地笑。季鹤鸣比他师兄江闻天容易对付。狡猾的江闻天避而不见，那就先从流落成下等人的穷酸师弟入手吧。玉绒棋盘大概率在他手里。

僵持间，季鹤鸣家的门开了。一个穿红绫袄青缎掐牙背心的姑娘端着垃圾桶走出来，一眼瞧见季鹤鸣手里的包袱，脱口叫道："爹，你又去偷！"

季鹤鸣尚未从方才的震动与恍惚中醒过来，竟愣得一激灵，半晌说不出话来。那姑娘一脸恨铁不成钢的气愤，垃圾桶重重地放在地上，抢那包袱："您老人家什么时候能改这偷鸡摸狗的恶习！你不嫌丢人，我嫌！这又是哪家的东西，赶紧还回去！"

在女儿季铅依的抱怨声中，季鹤鸣反应过来，边争抢包袱，边推着女儿往家里走，紧张而小声地说："快回家去，这里眼杂！"

他连推带搡地硬拉着季铅依进屋，临关门之前，回望一眼星野太一：

"别在我家门口待着，认错人了！"说完，砰一声闭门，迅速上锁。门里面夹杂着父女二人争执的余音："爹你到底要做啥？""先回屋！先回屋！"

棋王季鹤鸣竟然是个贼，看起来还是惯偷，这大大出乎星野太一的意料。当年号称"南江北季"、横扫中日围棋界的一对师兄弟，怎么落到今天这样的差距？真是造化弄人。不知江闻天如何看待他这个不成器的师弟？季鹤鸣平时又该怎么面对江闻天？

最让星野太一疑惑的，还是今天清晨在船上与江南毅的对话。这位颇具风度的年轻人明明是江闻天的二儿子，为什么却不愿承认？他与江闻天之间有什么问题？这对于查清楚天籁棋局的秘密是好是坏？

带着这些疑问，星野太一转身离开季鹤鸣家。几分钟后，季鹤鸣的一双鼠眼透过门缝，贼溜溜地张望，确定门前没有人，这才一扭一扭地返回里间。

"爹！你怎么对得起死去的娘！"屋里，女儿不依不饶。

季鹤鸣一屁股坐在平日睡觉的那张破床上，顺手操起一把破蒲扇，边扇边说："亲闺女，第一，你爹这不叫偷，取之有道能是偷？第二，刚才门口站着的那人，道貌岸然的东洋老头，你记住，他不是什么好人，以后他再来咱们家，绝对不能开门，绝对不能搭理他，绝对不允许告诉他关于你老子的任何事情！记住了？"

他的态度和腔调很坚决，季铅依吓着了，茫然地点头。季鹤鸣好像突然又想起什么，从床上蹦起来，掀开床垫子，取下几条床板，抱出一个蓝布包裹的长方形物件。他小心翼翼地扯下布，露出一个木盒子，正面赫然一行漂亮的草书：玉绒棋盘。季鹤鸣一遍遍摸了又摸，生怕被人抢走似的，神情近乎疯魔。

这破盒子简直比亲儿子都亲。不，就是比亲儿子都亲！

季鹤鸣环抱着命根子，想起星野太一惊现上海，竟然找到这穷嗖嗖的弄堂，敲响他家的门。他定是冲木盒子来的。他肯定去过江家，说不定就是江闻天告诉他我住这里的。江闻天这个可恶的老东西，还师兄呢！一到关键时刻看出来了！不行，这里不安全，得换地方藏。对，换地方！

季鹤鸣飞快地重新包起木盒子，夹在胳肢窝下面，提溜着鞋往外面跑。季铅依在后面喊："您老人家又做啥去？"

"你踏实在家待着。老爹遇到麻烦事了！"

转眼间，胖墩墩的身躯消失在弄堂尽头。

六

如果知道老于未来有一天被自己逼得自尽，江南毅宁可从不认识他。然而，今天他是满怀欣喜地去找这位上海地下党负责人的。只有信仰的归宿，才让他的心暂时远离失去家的孤独，获得片刻安宁。

他们见面的地点，是位于南京东路一百三十八号的"瀚笙会馆"。这是民国二十二年由三位围棋业余爱好者合办的一家围棋社。一幢偌大的三层建筑，装修得很是讲究，颇具古风。每层依照不同朝代的风格设计，足见设计者的拳拳匠心。

一楼"楚汉浪漫"。大厅的每一块精雕细琢的砖瓦，尽显汉代艺术的气势与古朴的美学特色。弯弓射雁的画像砖、气势磅礴的兵马俑、驰骋奔行的骏马、伶牙俐齿的说书人、荆轲刺秦的辉煌图景、风驰电掣的战车战马……粗线条粗轮廓，一图一景，处处折射独特的力量与速度，如临其境。

二楼"魏晋风度"。屋子四周挂满古画古字，远望似登山临下，近观如劲松下风。追求长生服药炼丹的老道士、高谈老庄饮酒任气的世外高人、纵情享乐论道谈玄的门阀士族……一画衬一人，一笔赋一事，飘如游云，矫若惊龙。

三楼"盛唐之音"。房檐梁木上处处是壁画，庄严则九鼎万钧，变幻如流水行云，雄大似黄山五岳。国舅磨墨力士脱靴的故事传说、蔑视世俗笑傲王侯的风骨气度、渴望建功猎取功名的雄心壮志……或轻盈婀娜、华美多姿，或雾霭轻笼、婵娟春媚，或精气洒落、高谢风尘。

江南毅信步走上二楼，穿过摆满楠木交椅的回廊，迎面是一个赤金九龙青地大匾，匾下有堵深红色的墙。轻敲三下墙面，墙体从里面缓缓打开，出现一位身着中山装的男士，戴顶甲藤帽。

江南毅说出暗语："三十功名尘与土，八千里路云和月。"

那人答："壮志饥餐胡虏肉，笑谈渴饮匈奴血。"

两人相视点头。那人伸出手："你好，江南毅同志。我是老于。黄穆清同志已经跟我讲了你的情况，欢迎你。以后由我负责跟你单线联系。"

江南毅走进屋。靠墙角处有张小床，床边立一圆桌，桌上摆放着围棋棋盘，盘上是一残局，亮闪闪的黑白二子耀眼夺目。

"请坐，江南毅同志。"

江南毅觉得棋局有些眼熟："您懂围棋？"

老于一本正经地说："不懂。学过一点皮毛。你来自围棋世家，对这残局不陌生吧？"

"天籁棋局。"江南毅说。

老于点点头："对这天籁棋局，你怎么看？"

江南毅说："我想先听听您的看法。"

老于说："也许写下这四个字的人，是在利用子虚乌有的传说混淆别人的视线。我最近一直研究天籁棋局，实在琢磨不出名堂。那四句诗我反复想过，横看竖看斜看倒看，越想越糊涂。说实话，我是不相信这些类似传说奇闻之类的事情。本质来说，与陈胜吴广鱼腹藏书差不多，都是自欺欺人的东西。"

江南毅平静地说："现在我们掌握的信息太少，很多事仅凭猜测，必须了解更多的事实。不管怎么说，有一件事非常清晰，菊花死前的确找到铀矿。需要着手调查的，是菊花过去的历史。他之前的经历，有助于我们找到进一步的线索。"

老于表示赞同："江南毅同志，你现在需要等待。羽生白川请你回来，不是为了总务处副处长的闲职，这是他掩人耳目的做法。他找你，肯定有更重要的企图。你静观其变，等待敌人的召唤。为保证安全，我们平常尽量减少会面次数。如果你确有急事，在《申报》上发一则寻人启事。我在同样的位置发一则寻物启事，约定具体时间地点。"

临走前，老于紧紧握住江南毅的手："这次任务的成败，事关这场战争的走向，甚至世界局势的未来。我记得有名人曾经说过，给一个支点，我能撬动地球。放在全局的角度而言，咱们是两个微不足道的小人物，但或许正在做一件足以影响全人类命运的大事。江南毅同志，我是你的后盾，一定协助你顺利地做成这件大事。"

江南毅郑重地点头。与黄穆清相比，老于更显得不苟言笑，甚至有些古板，但初次见面，他感到此人身上洋溢着无与伦比的坚韧与执着，体现出一股强大的精神力量。

江南毅见到过不少像老于这样的人。他们不论做什么，都充满正义感、忠诚与热情。他们个性迥异，却始终为一个共同的目标努力，不达目的誓不罢休，"痴"得可爱，"纯"得可敬，"专"得可怕。他们当中，有人像岳飞，有人像戚继光，有人像豫让，有人像文天祥，有人像诸葛亮。江南毅认识他们之前，身上的少爷气挺浓郁，与他们接触多了，近朱者赤，也变得不再玩世不恭，告别了模糊的意志，拥有了顽强的信念，灵动的个性里融入朴素的共性，思想渐趋成熟，行事日益稳重，讲话更为周密，判断愈加精准。

星期一上午十点召开的例会上，正式任命江南毅为总务处副处长。羽生白川专程从特高课赶到七十六号特工总部，宣读这一决定。参会的秦苑梓从始至终面无表情，眼睛正视前方，如机器人一样例行鼓掌例行表态，会议一结束，立刻起身离开。羽生白川几次三番使眼色，完全得不到任何回应，只好作罢。还是江南毅打趣道："咱俩都败在这女人的手里。"

"要不是你当年干的好事，今天她不至于连我一起恨上。"羽生白川无奈而遗憾地说。

江南毅拍拍他的肩膀，轻描淡写地说："为女人伤害兄弟感情，不值得。羽生君，你喜欢她，我全力支持，绝对不掺和。"

羽生白川正色道："南毅兄，你想多了。我完全没这意思。一门心思顾着工作，哪里有闲工夫儿女情长。"

江南毅的判断没有错。羽生白川想让他立刻参与到"寿司"计划中，但星野太一昨晚再次神秘出现，说江南毅虽然加入七十六号特工总部，但他的背景复杂，且手上没有沾过血，很难让人放心。"寿司"计划是事关日本命运的绝密计划，不可以出丝毫纰漏。参与其中的任何人，必须是对日本绝对忠诚、绝对可靠、绝无二心的纯粹者，否则，哪怕他有再卓越的才华，也可能成为一颗致命的定时炸弹，造成难以挽回的灾难。

"星野先生想如何考验江南毅?"羽生白川说。

"很简单，让他直接参与七十六号特工总部针对抗日分子的行动。"

羽生白川当然知道"行动"一词的意思，这与他的初衷背道而驰。他其实只想完成两件事，一是充分发挥江南毅在核物理方面的才华，单纯地去从事研究工作，为他们开发出铀同位素分离器，那是研制超大威力炸弹的关键一步；二是通过江南毅，利用其父江闻天，找出天籁棋局的关键，调查菊花死亡真相，获取铀矿的位置。他并不想让江南毅介入到七十六号特工总部的血腥行动里，这些事情是下地狱的勾当，太肮脏。星野太一却偏偏要让江南毅沾"脏"，以此作为是否忠诚的标志。

羽生白川突然觉得有些对不起江南毅。

"星野先生，七十六号特工总部的行动，是不是不太适合江南毅？他不过是个物理学家，研究学问的知识分子，去干粗人做的事，做不来吧？"

星野太一的眼睛里射出一道森严的冷光，令羽生白川不寒而栗："羽生君，我提醒你注意身份。你首先是日本的军人，一言一行必须与之相符。你在工作中掺杂过多的私人感情，影响正常判断，这种思想十分危险。我再跟你重申一次，江南毅不直接参与七十六号特工总部的行动并且取得成绩，就不允许他接触'寿司'计划。这是我作为督导，对你提出的最根本要求，必须不折不扣执行！我现在命令你，立刻通知相关人员，准备安排江南毅参加接下来的行动。"

羽生白川失去转圜余地，不得不抓起电话："秦处长，请你过来一下。"

作为情报处处长，秦苑梓平常协助行动处处理一些日常工作。暗杀、恐袭、密捕共产党人……这些年，她早已变得麻木不仁，成为别人口中杀人不眨眼的"女魔头"。抗日锄奸队早将她列入暗杀名单，怎奈她警觉度异常地高，还极其聪明，不仅多次躲过追杀，还反戈一击，予锄奸队以重创，逐渐成为七十六号特工总部颇具知名度的重要人物。甚至有人预言，未来她将成为丁默邨的接班人。不过，有同僚对她专横跋扈的作风提出质疑，说她好大喜功，媚上严下，口是心非，更有竞争者背地里骂她是找不到男人憋得心理扭曲的疯女人。褒贬不一的评价，并未影响她的行事风格，我行我素，冷酷无常。

派江南毅参与暗杀行动，是旁边那位日本老头的主意。这位羽生白川尊称为督导的星野太一，浑身上下充满奸诈与狡猾，以及一股发自骨子里的邪恶。女人的第六感表明，星野太一是羽生白川的克星。

秦苑梓不由得产生强烈的报复性快感。浦江饭店的见面让她更加明白什么叫爱恨交加、什么叫痛并快乐。这男人身上，洋溢着令她难以割舍的无限魅力。越爱他，越恨他；越痛苦，越快乐。近乎变态的心理蔓延到秦苑梓的每个细胞，她要时时刻刻盯住他、缠住他、困住他。她极度渴望彻底征服他。她要紧紧攥住他的心，否则难以弥补这么多年来越来越深的伤痕。

真是天赐良机。

秦苑梓一如既往地平静："请放心，羽生君，我把江副处长安排在最能见效的位置，让他释放出最强的潜能，以最快的速度最饱满的激情建功立业。"

七

　　一场精心策划的暗杀，成为江南毅今后一系列痛苦命运的导火索。他与父亲、兄弟、朋友、情人以及各方人物的复杂纠葛，将如沉寂已久的活火山，猛烈爆发出来。

　　暗杀的目标，是《申报》记者金绍华。此人的真实身份，是重庆国民党中央宣传部派驻上海的联络员。他经常撰文攻击李士群和七十六号特工总部，言辞激烈尖锐，令李士群很是恼火。周佛海曾要求《申报》刊登伪中央储备银行上海分行开幕广告，负责相关事宜的金绍华严词拒绝，大大丢了七十六号的面子。周佛海下令秘密除掉此人。在情报处召开的会议上，秦苑梓通报这一情况，命令江南毅带队负责此次行动。

　　"江副处长，《华美晚报》老板朱业同与金绍华关系密切，前不久朱业同已经秘密反水，成为我们的人。我命他以跳舞为名诱出金绍华，约到文华舞厅。你在舞厅下手。"

秦苑梓的语调里，除了像对待下属那样的命令口吻，还有不容置疑的咄咄逼人。所有人的眼光都投向江南毅，大家想看看新来的总务处副处长如何应付"女魔头"。有人希望看笑话，有人替江南毅捏把汗。大部分人认为江南毅不过是借着羽生白川的关系过来当官的，没有谁觉得他真有本事。一介书生，手无缚鸡之力，除了懂点物理，别说杀人，怕是连枪都不会开吧？

此时，江南毅想的是如何救金绍华。秦苑梓明显是受人指使，故意让他参加超越职权范围的行动。他必须想一万全之策。

"秦处长，你放心。我初来乍到，寸功未建轻而易举当上总务处副处长，在座的诸位未必服气，我也不服自己啊！那么多兄弟整日出生入死却始终未获一官半职，我江南毅不过是个在日本当过几天老师的教书匠，舞文弄墨略知一二，舞刀弄枪却是外行，真是惭愧至极。不过，秦处长既然把这样重要艰巨的任务交给我，是对我的信任。我固然诚惶诚恐，但尽力而为，不懂不擅长的多向诸位兄弟请教，功成算大家的，事败算我的。如果这次没能完成任务，但凡有一点闪失，这顶总务处副处长的乌纱帽就该取下来了。届时，我会主动辞职。毕竟，能者居之嘛！无能者和庸才坚决不可以官高一等，会失掉人心。这是我一直以来信奉的黄金铁律。请大家随时监督我。"

江南毅精心设计的一番发言，震住不少参会的人，第一时间堵住一些人的悠悠之口。秦苑梓更是没有料到江南毅先发制人，敢于放低身段，谦虚示人，把自身劣势和外界优势都作精准对比，还说犯错误要引咎辞职？只有江南毅这样的人才说得出来。这男人果然没变，还是当年连德国教育部长都不放在眼里的刺头。他刚才的演说，真算得上是一石二鸟。

秦苑梓沉默片刻，带头鼓起掌，其余人等纷纷迎合，掌声里有赞叹、喝彩，还有不屑、应付。江南毅起身鞠躬，神情间充满恭敬与谦逊。一瞬间，他心生一计。

那是一招非常大胆的险棋。眼下的形势，只有极端办法才可能奏效。对付非常之人，须行非常之策。置之死地，方能凤凰涅槃。

会议结束时，秦苑梓宣布行动的时间地点："五天以后的周日晚上八点。文华舞厅。"

次日一早，江南毅带两名手下，驱车外出集中采购七十六号副处长以上人员家属的生活用品。办完事之后，已是晌午，江南毅主动提出请两人吃饭，二人不敢拒绝。行至一座大酒楼，江南毅点了松鼠鳜鱼、八宝鸭、干烧明虾、海鲜羹、虎皮扣肉、清炒鳝丝，又去汽车后备厢取出三瓶上好的高粱酒，一人一瓶，开怀畅饮。席间，二人频频拍江南毅马屁，一口一个江副处长，世间所有的甜言蜜语悉数奉上。江南毅也不答话，始终面露微笑，不时劝二人喝酒吃菜。二人吃得油光满面，喝得五迷三道，起身时竟都有些站不住脚。江南毅挨个将他们搀扶上车，安置于后座，很快鼾声此起彼伏。原来二人喝的高粱酒，早被下药，酒过三巡药劲发作，加上本就不胜酒力，迅速进入梦乡。

江南毅将车停至一处偏僻之地，随后叫黄包车，十分钟之后，来到位于山东中路望平街与汉口路西南转角处的申报馆。他看见一位貌似编辑的人正坐在桌前写作，便上前说："您好，我要发一则寻人启事。"

第二天上午，两人见了江南毅满脸通红，一个劲儿地点头哈腰抱歉，说不仅耽误江副处长的公事，还弄得一身狼狈让江副处长见笑，实在是不该喝那么多，真是该打啊！江南毅表现得十分大度，用手中的《申报》拍拍他们的肩膀说，不碍事不碍事，谁还没有得意忘形的时候？我也放纵过，放心，我保证不跟处长告你们的黑状。我不是那样的人。二人如释重负，对江南毅再次千恩万谢一番，心有余悸地去了。江南毅打开《申报》，找到他发的寻人启事。不出意外的话，明天报纸上同样的位置，会出现老于刊登的寻物启事。

第四天傍晚六点三十分，按照寻物启事上的提示，江南毅来到位于马斯南路的一间茶馆。老于听了江南毅有关搭救金绍华的计划后，坚决不同意。他说这样太冒险，技术难度太高，弄不好会暴露。但江南毅坚持己见，说没有发现其他更好的办法。他请老于相信自己，没有把握的事他不做。老于仍然不同意，说要另外想办法。二人发生激烈的争执。

老于低声说："江南毅同志，我是你的上级，做地下工作的时间比你长，比你经验丰富。你必须服从我的指示，以大局为重。"

江南毅说："我还是会按照原计划行事，请你做好后续的接应工作。"

"你不能这样无组织无纪律，更不可以鲁莽行事。"

江南毅不再说话，扭头转身离去，留下老于一个人发呆。老于没想到新搭档竟然如此固执、没有组织观念，气得一屁股坐在椅子上，接连猛喝好几杯茶水，半晌没回过味来。

转眼又过一天，是行动的日子。晚上七点，江南毅带着行动队三人、情报处一人，开着一辆美国吉普前往文华舞厅。秦苑梓开辆别克轿车，紧随其后。江南毅知道秦苑梓今晚会盯在暗处，但他并不知道羽生白川和星野太一坐在秦苑梓的车里，要亲眼看他拿下"投名状"。

车停在路边。下车前，江南毅命手下检查武器。他从腰里掏出一支毛瑟M1896，很不熟练地摆弄着，表现得特别笨拙，折腾半天才勉强装上子弹，一副完全没玩过枪的样子。车里人想笑，却不敢出声。

"怎么卡住了？"江南毅试着拉枪栓，却好像怎么也拉不明白，扭头问。

四名手下的脸上，不免露出轻蔑嘲讽的神情。年纪略大一点的特工，接过江南毅手中的枪，熟练地上膛，递还给他。江南毅尴尬地笑笑："谢谢。我真是不会使这玩意。"

那几人暗想，就这德行，一会儿去杀人？别让人家反杀。秦处长这看人的眼光太不准。

江南毅抬手看看表："时间到了。"

他率先下车，迅速朝文华舞厅走去。几名手下紧紧跟上，想着万一这人到时候不敢开枪就替他补上。

舞厅里一如既往地嘈杂，七彩夺目的霓虹灯下，男男女女相拥漫步，寻找各自的心事。江南毅从上衣口袋里掏出金绍华的相片，围绕舞场四周仔细察看。一圈下来，未发现目标，耳边却传来一个声音。

"我不是贼！干吗抓我？"

他觉得有些耳熟，循声望去，舞场拐角处，一人正追着另一人打。被追者跑到舞池中央，脚下一滑，重重地摔在地上。舞曲骤停，人们纷纷围拢过来。江南毅夹在人群中间，未能完全看清那人的脸。他继续四处环顾寻找，人群里还是没有金绍华。

秦苑梓进入舞厅，站在距离人群不远处，紧盯着江南毅的一举一动。

摔倒在地的那人抬头，发现人群中的江南毅，顿时如遇见救星，大喊起来："是江南毅贤侄？你什么时候回来的？快救救你季叔叔！"

江南毅听见他喊自己的名字，拨开人群挤进去，见是季鹤鸣。

"季叔叔？您如何在这里？"

身边一个男人指着季鹤鸣大叫："他是小偷！偷我钱包！"

季鹤鸣急忙辩解："胡说八道！是你亲眼瞧见我偷你的钱包？我正在清扫卫生，突然被按住，哎哟哟用劲忒大，老胳膊老腿可禁不住折腾！这不是明显冤枉好人嘛！"

站在一旁的文华舞厅经理说："人家说得对，你是小偷。我亲眼看见你拿着人家的钱包，还想抵赖？"

季鹤鸣大声喊："你要是从我身上找到钱包，算你行！你搜，搜啊！"

江南毅一眼看破季鹤鸣的伎俩，不愿当面揭穿："季叔叔，以后您还是不要来这种地方。这不是您来的地方。"

季鹤鸣故意长叹一声："贤侄啊，你是不知道世道有多艰难。为稻粱谋，苦啊！咱没你显赫的家世，更没你爹通天的能耐，只有自谋生路，处处受人白眼。但老天爷还是不放过我，竟被这帮孙子诬陷成贼！你认识叔叔也有些年头，你觉得叔叔能是小偷？叔叔能做那龌龊苟且之事？"

文华舞厅经理上前一步："巧舌如簧！我偏要搜出来，让你心服口服！"

"等一等!"

众人眼前，出现一位女子。气质不凡，彩绣辉煌，恍若佳人。穿一件白洋纱旗袍，绲一道窄窄的蓝边，围着红狐围脖，脚上蹬黑色皮靴，外罩一件银白色的兔毛风衣，头上简单地绾了发髻，簪着一支八宝翡翠菊钗。身材苗条，肌骨莹润，举止娴雅。

她是文华舞厅的股东上官玉灵。

经理见状，满脸堆笑："原来是您! 您瞧，这人是贼。"

上官玉灵轻轻摆手："算了。瞧他模样，倒是老实人，不像会偷的样子。"

她从钱包里取出一沓钞票，递给声称被偷的那人："够吧?"那人见上官玉灵如此大方，自然乐得息事宁人，连连道谢，接过钞票赶紧走了。

季鹤鸣见状，露出一副谄媚的嘴脸："这位仙子，路见不平拔刀相助，真是大好人哪! 我季鹤鸣来世做牛做马报答您的大恩大德，谢谢谢谢!"

江南毅说："季叔叔，您还是赶紧回家去吧。别再来生事。"

季鹤鸣单手扶着一条腿，踉踉跄跄地站起来："贤侄啊，你不了解季叔叔，我从来都是宁可少一事、绝不多一事，走到哪里都战战兢兢、唯唯诺诺，哪里敢生事喔? 都是时运不济，事来找我嘛!"

江南毅正待说什么，忽然听见上官玉灵说："南毅哥，别来无恙啊！真没想到会在这里遇见你。"

季鹤鸣等人大吃一惊。没想到这位风华绝代的佳人竟然认识江南毅，还叫得那般亲切。秦苑梓更是一颗心瞬间凝固，说不出来地绞痛。

眼前的上官玉灵，变得江南毅快不认识了，如果不是她主动说话，他是无法把这位颇具风韵的女人与当年单纯懵懂的小女孩联系到一起的。她如何在上海？似乎还是文华舞厅的老板？真是世事沧桑，变幻莫测，不知道在什么地方会碰见昔日故人。这正是人生不确定的神秘之处。

江南毅意识到，上官玉灵的到来，怕是对今天的任务大为不妙。一会儿发现金绍华，他必须毫不犹豫地执行任务，否则身后的秦苑梓会立刻发现问题。金绍华是这里的常客，上官玉灵想必认识他。到时候上官玉灵怎样看自己？季鹤鸣又怎样看自己？他不愿意往深处想，此刻只有一个想法：金绍华最好不要出现。

江南毅望着上官玉灵，笑笑。

江南毅是上官玉灵忘不了的男人，刻骨铭心。当年，如果不是这个男人出手相救，她早死了。十多年前的往事如昨日发生的一样，历历在目。

她现在还清楚地记得，当初她流落街头，被人贩子绑走，卖给当地的一个纨绔子弟。那人浑身恶习，吃喝嫖赌抽样样精通。当天晚上，她在怀里藏一把剪刀，准备与对方同归于尽。午夜时分，酒醉后的纨绔子弟欲强行与她发生关系，撕扯中她拔出剪刀，却被打落在地。她近乎绝望，准备咬舌自我了断时，一人破窗而入，与纨绔子弟打起来。混乱中，那人失手杀了纨绔子弟，救上官玉灵逃出生天，送她去了苏州的一家孤儿院。

这人便是江南毅。

从那天起，她深深地依附上了这个男人。

那时，她不过是个十四岁的小女孩，江南毅是她的大哥哥。她希望永远陪在这位大哥哥身边。可不久之后，江南毅悄无声息地离开。从那以后，她陷入遐想和思念中难以自拔。就算后来委身于上海最大的青帮老大杜九皋，她依旧没有忘记他。

今天，她再一次见到他。毫无心理准备，就这么突然相遇。

直觉告诉上官玉灵，此时的江南毅似乎碰到某种麻烦。她看见江南毅的眼神转移到她身后，不禁顺着那目光朝后看去。她看到一张熟悉的脸，是常常光顾舞厅的金绍华。

江南毅从怀里掏出手枪，哆哆嗦嗦地对准金绍华，似乎是鼓足极大勇气之后开一枪。子弹碰巧擦着金绍华的左耳飞过。他又打出一枪，子弹擦着目标的右耳飞过。第三颗子弹擦着头皮冲过去，第四枪紧贴右肩膀擦边而过，第五枪差点打中下巴。江南毅旁边的几个手下见他吓成这样，掏枪准备帮忙。这时江南毅开第六枪，子弹正中金绍华前胸。金绍华仰面倒地，嘴里吐出一口鲜血。

变故发生得相当突然，场面如预想般混乱起来。尖叫声不断传来，舞客看客乱成一片，连拖带拽、狼狈不堪地纷纷逃离大厅，生怕下一枪招呼到自己身上。季鹤鸣见到刚才还和蔼儒雅的贤侄江南毅竟然开枪杀人，吓得两只手同时捂住嘴，一屁股再次跌坐在地，两条腿软得不听使唤，怎么站都站不起来。他控制不住地哎呀呀乱叫，吓得脸色煞白，不由自主地抱住脑袋，双腿双脚蜷缩着、抖动着，双眼紧闭，丝毫不敢再睁开眼。

看到江南毅开枪后，上官玉灵浑身猛烈颤抖一下，但并未如其他人一样惊慌逃窜，竟然立在原地未动，眼睁睁看着江南毅快步走上前，弯腰摸摸金绍华颈动脉的位置，然后冲着不远处的一个女人点头。恰在此时，舞厅里变得漆黑一片。

几分钟后，上官玉灵从茫然中回过神，看到江南毅走到舞厅门口，上了一辆轿车，快速离去。还有那女人，紧跟着钻进另一辆轿车。那女人她以前在什么地方见过，好像是七十六号特工总部的情报处处长秦苑梓。

上官玉灵的大脑出现短暂的空白。她望着轿车远去的方向，愣愣地定格在那里。许久之后，她下意识地使劲掐掐手腕，感到疼痛后，意识到刚刚发生的一切并非梦幻。

她更加茫然地发现，金绍华的尸首消失了。

季鹤鸣缓缓地坐起来，瞧着一片狼藉的舞厅，许久，爆发出一句：

"厉害，真厉害！我老季家复苏有望！！"

八

老于不得不承认，江南毅的枪法令人佩服。这是一个敢想敢干还能干出彩的硬角色，值得他这个老地下党刮目相看。

尽管他并不同意江南毅的计划，但还是按照约定，带着两名同志赶到文华舞厅。他和一名同志藏在大厅西侧的幕布后，另一位藏在电闸附近。看到金绍华倒地，江南毅向秦苑梓示意任务完成，那位同志迅速拉电闸，然后老于趁着黑暗把中枪的金绍华拖出舞厅，放到一辆车上，行驶到地下党的秘密诊所。医生解开金绍华的衣服，发现子弹打进胸前的一块铜制怀表，弹头嵌在表内，未伤及肉体。金绍华之所以当场吐血，是由于他本来患有比较严重的支气管炎，子弹高速飞来造成的巨大冲力，使其倒地并刺激支气管，诱发轻度呕血，加上当场受到过度惊吓，晕过去。经过医生简单处理，他很快苏醒过来。

老于拿起怀表仔细看着，想起江南毅当时跟他说过，准备详细了解金绍华的生活习惯和行为特性，包括是否有什么疾病等等。现在他终于明白这一用意的目的。习惯胸前挂怀表、支气管炎、容易晕厥……江南毅巧妙地利用这些别人容易忽略的细节，天衣无缝地自导自演一场貌似手忙脚乱的暗杀，展现给七十六号特工总部侥幸成功的假象。的确是深藏不露的高手。

但愿他的努力没有白费。老于想。

此时，坐在秦苑梓车里的羽生白川长舒一口气。江南毅今晚这一仗虽然很不漂亮，相当笨拙，但毕竟结果不错，算是成功完成暗杀任务。他和星野太一坐在车里，亲眼看见江南毅射出的最后一颗子弹击中金绍华胸膛。总体来说，这道"投名状"算是让人满意。事情既然做到这份儿上，星野太一应不会再持什么异议。

身边的星野太一开口："羽生君，对今晚的行动，你怎么看？"

羽生白川一愣，老家伙又想耍什么花招？他说："南毅君果然是只搞研究的书呆子，杀个人费这么多子弹，太缺乏训练。不过还好，最后还是成功了，虽然他那枪是误打误撞碰上的，但他的态度值得肯定。我看他掏枪时没有犹豫，显然不是被迫的行为。无非是缺少经验，以后还有这样的机会，再多参加几次就没问题了。不过，依我看，好钢还是要用在刀刃上。还是让南毅君尽快进入角色吧。"

星野太一轻轻摇摇头:"羽生君,不知你是有意忽略还是确实看不出来,刚才江南毅一开始打的几枪,果真是由于缺乏实战经验、紧张过度、枪法太差一通乱射?"

"难道不是这样?"羽生白川感到恼火。

"刚才江南毅射出的每一枪貌似毫无章法、毫无准头,但不知你们注意观察没有,射出的角度和位置恰恰是碰巧擦着目标的身体,将中未中。这样的'碰巧',可理解成是新手的笨拙表现,但也能视作是一名射击高手的刻意之举。江南毅要么是羽生君眼中从没有摸过枪的书呆子,要么是一个我们都不了解的、深藏不露的射击专家。"

羽生白川觉得江南毅肯定哪里得罪过星野太一,不然这可恶的老头为什么总是盯着他不放?星野太一考虑问题的出发点太奇怪。多疑固然是特工的本性,无可厚非,但他有些近乎苛刻,让人不得不怀疑原始动机。

羽生白川决定找同盟者:"星野先生思维缜密,说得倒也有道理。苑梓,你刚刚距离南毅君最近,对此有何想法?"

秦苑梓此时的心情无比复杂。上官玉灵与江南毅之间可能存在非同寻常的关系,她一想到这点,就像坠入冰窖般浑身僵硬。作为深爱江南毅的女人,她不允许这个男人的心中还有其他女人的位置,更不准许其他女人与她同抢一个男人。这是奇耻大辱,是她的自尊心难以接受的。只有她秦苑梓才配拥有江南毅!她秦苑梓得不到江南毅,其他女人更别想得到！她下决心要弄清楚到底是怎么一回事。刚才江南毅开枪的时候，她的思绪和注意力都集中在上官玉灵身上，星野太一刚才说的细节，她统统没有想过。直到现在，她依旧沉浸在痛苦的感情纠葛里。

羽生白川轻轻碰碰她的手臂。

秦苑梓回过神："这问题我还没有想明白。"

羽生白川并不是很满意这样的回答。秦苑梓恍惚的样子，让他再一次认为女人真是不太适合从事特工这职业。很多时候，她们的感情远胜理智。

星野太一说："既然意见不统一，不妨再深入考察一下。这一次，我亲自试他。"

在人稀空旷的街道，一前一后两辆轿车，载着那些神秘的、不可告人的、共处一室却貌合神离的种种心思，缓慢行驶着。

江南毅的帽子扣在脸上，紧闭双眼，脑海里反复复盘刚才那一幕。金绍华应该已脱离险境，被老于救走。他事先以获取目标信息为名，向《华美晚报》老板朱业同询问过详细情况，获取金绍华的身高、胖瘦等信息，得知他习惯于脖子上挂一块铜制怀表。行动前一晚，他悄悄潜入金绍华家，趁其熟睡，找到那块怀表，根据表链长度和身高数据精确计算出射击位置与持枪角度，确保届时子弹精准击中怀表，确保金绍华毫发无伤。这么多年来，他早已习惯使用物理思维观察、分析和判断问题，一次又一次完成貌似不可能成功的任务，一次又一次绝处逢生。这是长期的物理学训练赋予他的最大优势。

现在，他最担心的，是今晚季鹤鸣与上官玉灵的意外出现。尤其是季鹤鸣，这个江闻天的好师弟、穷困潦倒的棋王，恐怕现在正处心积虑地想着把他变成汉奸的事广而告之。

江南毅的顾虑是有道理的。灰头土脸却满眼洋溢着兴奋的季鹤鸣离开文华舞厅后，径直跑回家，拼命砸门。被吵醒的季铅依揉着惺忪的睡眼，挣扎着从暖和的被窝里爬出来，登时感到一阵冷到骨子里的寒意。冬天的上海着实难熬，屋里如同室外，冻得人瑟瑟发抖。

"女儿，你猜今晚我看见谁？"

"谁啊？"

"是你一直朝思暮想的那个人。江！南！毅！"

季铅依瞬间蒙了。

季鹤鸣愈发得意，连珠炮似的说："江南毅好几年没个踪影，突然出现在上海。以前，你老爹想着把你嫁给江北流，你百般不乐意。如今意中人回来了！你是没瞧见他今天有多威风！啪！啪！啪！那可是杀人啊！唉，戾气是重些，不过生逢乱世，没几下子怕是吃不开。只要他还对你好，其他的都不重要啦！咱们老季家要是有这么一个厉害的女婿撑腰，以后出门还不得横着走?! 你二人情投意合，老爹我光明正大名正言顺地跟江闻天提亲。只要你和江南毅成亲，咱季家就算彻底翻身，到时候江闻天不敢看不起我!"

季铅依完全没听到他的话，丢魂似的一个劲儿问道："你在哪里看见他的?"

"文华舞厅啊! 有个女人竟然还认识他，看上去和他还挺亲密的。这小子既然想跟我女儿好，就不能在外面拈花惹草! 不行! 肯定不行! 我这老岳父要好好管教管教他!"

季铅依无法控制住情绪："他是什么时候回来的? 他为什么不告诉我? 爹，他现在在哪里? 我要去找他!"

她摇摇晃晃地站起来，神色恍惚地往门外走。忽然进来一人，一把拉住季铅依："你不能去!"

面前站着一个男人，脸形与季鹤鸣有几分相似，戴圆形礼帽，穿长袍西裤，一双牛皮鞋乌黑油亮，腰板笔直，双目炯炯有神，腰间略微隆起，显出手枪的形状。他是季鹤鸣久未联络的儿子、季铅依的哥哥、军统上海站行动组组长季飞宇。

"哥!"季铅依失声叫道。

季鹤鸣傻了。

原本泛起涟漪的湖面，如同扔进一块大石头，溅出巨大的水花。

季飞宇骨子里压根瞧不上季鹤鸣。此人与他的关系，就是父与子的血缘。他厌恶一个做贼的爹。几年前离开家时，他还是一名震旦大学的助教，如今成为国民党军统的一员。这些年的经历，让他越发变得坚强、冷静、嫉恶如仇。他越发痛恨不成器的爹，越发羡慕江南毅的家庭。有时候晚上做梦时，他都在想，为什么老天爷如此不公平，让他有那样猥琐的父亲，让他生在那样没有希望的家庭。

这一次，他回到上海，肩负一项重大而艰巨的任务。如果不是因为这任务，他怕是一辈子不愿意回来的。在这一点上，他和江南毅算是同病相怜。

季飞宇掌握的信息比季鹤鸣更加详细。他不仅知道江南毅回到上海任职，还了解江南毅和秦苑梓之间的旧情、与羽生白川曾经的同窗关系。当他把这一切原原本本地说出来之后，季铅依一时难以接受，眼前一黑，晕倒在地。

受到江南毅这件事影响的，不仅是灰姑娘季铅依，还有一个更要命的人物。

当上官玉灵来到杜九皋府上时，这位上海青帮老大问她："我听说，江闻天的二公子回来了。"

杜九皋当时正躺在一张铺着黑熊皮的软椅里，右手握着两颗夜明珠做成的黑白围棋子，左手持余姚官刻本《资治通鉴》中的一卷《宋纪》，貌似在读，又好像在听。

上官玉灵说江南毅的确回来了。杜九皋微微坐起，平静得像是在陈述一件微不足道的小事："你在文华舞厅见过他，他还当着你的面亲手杀人，是吧？"

上官玉灵知道，任何事都瞒不过杜九皋。自从三年前成为他的女人之后，她就发现这个年过半百、不怒自威的老头具有非凡的能力。他足不出户，却洞晓世间发生的一切；他从不当面对人发火，却是手下极其惧怕的老板、对手闻之色变的奸雄、无数名媛贵妇渴望依附的大佬；他遭遇过难以计数的暗杀，却每次都匪夷所思地死里逃生；日本人占领上海后，多次拉拢他，均遭拒绝，多次扬言要取他的脑袋却至今没有动手；他最喜欢《三国演义》里的曹操、《水浒传》里的宋江，卧房冠名"青梅煮酒"、书房取作"聚义厅"。

他最爱研究的，还是围棋。

上官玉灵款步走到软椅旁，优雅地坐在杜九皋身边。杜九皋轻轻抚摸着她那一头柔软的长发，若有所思地说道："在上海滩，除了江闻天，没有人敢不给我杜某人面子。"

随即，他爆发出一阵乱世奸雄才有的大笑。上官玉灵并不觉得可怖，反而很享受的样子。这，也许是杜九皋独独钟爱她的原因吧。

杜九皋又说："不过，他却是我在上海滩最敬重的人。你知道是为什么吗？"

一双白皙的玉手轻轻放在杜九皋粗糙的大手上，上官玉灵温柔地说："杜爷的心思，我们这些凡夫俗子猜不透的。"

杜九皋缓慢把玩手中那两枚夜明珠棋子："江闻天的世

界里，只有两种颜色，黑与白，再掺杂不了第三种色彩。黑白分明，便是他的境界。这种境界，在这世界上，绝大多数人达不到。"

"杜爷也做不到吗？"

杜九皋再次爆发出一阵大笑，慢慢地站起身，朝书房的方向走去。行至门口时，他微微扭头，似乎像是在回答上官玉灵："我才是真正的凡夫俗子。"

说完，他走进书房。上官玉灵呆呆地坐在那里，想他竟然不关心她与江南毅的关系。以杜九皋的神通广大和火眼金睛，他不可能不清楚她对江南毅难忘的旧情。那为何只字不提？

这是杜九皋最吸引她的地方。

书房里，陈列着五个巨大的书架，上面摆放着密密麻麻的线装书。杜九皋来到最南侧的书架前，从第二格的中间取下三本书，露出里面一个针眼大小的洞。他伸手进去按一下，触动机关，书架前方的一块木板地缓缓升起，达到约一米的高度时停止。一个做工相当精致的长条形盒子映入眼帘。他旋开盒扣，盒盖自动弹开，露出一把长剑。剑鞘上，镶着一枚枚晶莹剔透的珠子，闪闪发光。

杜九皋像爱抚孩子一样，一遍遍摸着那些珠子："我的青目棋子，与玉绒棋盘合一，真能解开天籁棋局之谜吗？"

九

军统上海站行动小组副组长，是江南毅的另外一个身份。

老于开过江南毅的玩笑："你是海陆空三栖合一，汉奸、军统、地下党，都被你占了。如此传奇般的人生经历，没白活。羡慕你啊！"

而季飞宇，是江南毅见到的第一位军统"同僚"。

这个从小一起长大的兄弟，与他情同手足。如果说世界上有谁会奋不顾身替对方舍命，他俩算。江南毅八岁那年，不慎掉进冰窟窿，长他两岁的季飞宇毫不犹豫地跳进去，把他从死神手里抢回来。季飞宇十八岁那年，和江南毅参加学潮，上街游行，军阀朝人群开枪，季飞宇身中两枪，奄奄一息，江南毅背着他跑过十条街，用一把裁纸刀，逼着一家私人诊所的大夫动手术取出子弹，脱离危险后精心照料，直至痊愈。他俩曾效仿刘关张三结义，于一桃园内，备下乌牛白马祭礼等项，焚香再拜而说誓曰："念季飞宇、江南毅，虽为异姓，既结为兄弟，则同心协力，扶危救困；上报国家，下保家小；不求同年同月同日生，只愿同年同月同日死。皇天后土，实鉴此心。背义忘恩，天人共戮！"

他们这对难兄难弟，如今又要并肩作战了。

季飞宇笑着说："咱俩又变成一根绳子上的蚂蚱了，一起蹦跶吧！"

江南毅调侃道："你小子神龙见首不见尾，几年都没消息。我还以为你为党国捐躯了。"

季飞宇笑："你那张臭嘴蹦不出好词！别忘了，咱俩是一起拜过老天爷的，我要是死了，也得拉着你一起。不能便宜都你一人占！"

二人相视大笑，紧紧拥抱。

当江南毅得知季铅依晕倒在地卧床多日的消息后，无奈地自嘲说："不知道何时才能让铅依妹妹知道，我这大汉奸是假的。如今我光天化日之下招摇过市，持枪行凶，世人皆知，成了人人过街喊打的民族败类，想隐姓埋名钻地缝也没地方了。"

季飞宇说："兄弟别想太多。等赶走日本人，我季飞宇头一个站出来替你澄清。铅依对你情有独钟，你莫要辜负她。秦苑梓现在是名副其实的大汉奸，你要是再跟她好，我不答应。"

江南毅苦笑："还是言归正传吧。"

季飞宇说："日本军部派来一位督导。据说老谋深算，精通剑道空手道，是战略军事家，还是中国通，极难对付。"

他递过来一张照片。江南毅看了一眼说："星野太一。这人好像认识老头子。"母亲去世后，他再未喊过"爹"，谈起时只称江闻天"老头子"。

二人研究星野太一的同时，对手也同样关注着他们。星野太一正盘腿坐在榻榻米上，面前是江闻天、季鹤鸣、杜九皋、江南毅的照片。他依次拿起，仔细端详后依次放下，陷入沉思。

这四个人，是破解天籁棋局，进而完成"寿司"计划的关键。

来上海前，在一次军部高层参加的会议上，有不少人质疑天籁棋局的可靠性，说不该为了区区四个血字，轻易地相信子虚乌有的中国传说。星野太一力排众议，认为须从传说入手，才能找到菊花留下的铀矿地图。他深谙中国文化，对传说与现实之间的微妙联系感受强烈。"找到关键紧要之处，抽丝剥茧，一点点逼近事实真相。"

他主动立下军令状，提出前往上海督导"寿司"计划的进展。最终，军部同意他的方案，限期三个月找到铀矿。抵沪后，他先后找过江闻天、季鹤鸣，正如他所料，二人如避瘟神，但这恰恰正中他下怀。

他就是要打草惊蛇。他信奉《孙子兵法》中说的："形兵之极，至于无形；无形，则深间不能窥，智者不能谋。"

"夫兵形象水，水之形，避高而趋下；兵之形，避实而击虚。"

对付江闻天与季鹤鸣这样的人，必须行诡诈之谋。何况这二人是与天籁棋局有关的决定性人物。当然，还有杜九皋。

这三人，同出一门——鬼棋圣之门。当年，江闻天号称"天才"，季鹤鸣为"鬼才"，杜九皋是"怪才"。而他星野太一，是当之无愧的"人才"。

星野太一从未怀疑过这一点。

他回想起当年在日本与鬼棋圣弈棋谈道的场景。他始终认为自己是鬼棋圣的弟子，尽管从未获得过正式承认。他依旧记得三十年前，在东京，年轻气盛，公然挑战鬼棋圣，要比棋道、剑术、拳术，结果一项一项比拼下来，他输得惨不忍睹，还受了严重的内伤，大口吐血。从那以后，他就誓拜鬼棋圣为师。但不知何故，鬼棋圣执意不收。他紧追不舍，被鬼棋圣的三位弟子暴打一顿。那三个人，就是江闻天、季鹤鸣、杜九皋。

这么多年来，他从生龙活虎的青年变成鹤发童颜的老人，从初涉时世、懵懂无知的江湖宵小，变为老谋深算、狡诈阴险的军部督导，但不论容颜和内心怎样改变，他永远忘不了鬼棋圣师徒"赐予"的屈辱，永远忘不了那三个人的拳打脚踢。他对天发下毒誓，有生之年一定痛报此仇。对他而言，这是血海深仇，不共戴天。

当菊花之死的消息传来后，他意识到机会终于来了。

菊花死于何人之手，他并不清楚，也不想深究。但那四个血字，他实在太过熟悉。他实际上并非真正关心那张铀矿地图，而是牵扯其中的天籁棋局。只要与天籁棋局有关的事，他都极其感兴趣。因为，天籁棋局绕不开那三个人。他一旦深入进去，就不可避免地要与那三人接触、纠缠、争斗，以至你死我活。这正是他想要的。鬼棋圣已死去多年，但三个徒弟健在。他暗下决心，这次上海之行，务必置三人于死地，一雪前耻，否则决不返回日本。

当然，还存在更重要的一点：天籁棋局背后的宝藏，对于帝国来说是巨大的利益。若获得这笔惊天财富，对于补充巨额的军费开支来说，无疑是极为有益的。那他在军中的地位必然不同于往日。

于公于私，这都是一次有利无弊的行动。

不过，他还缺少一枚棋子。这枚棋子用好了，可以加速找到破解天籁棋局的密钥。这枚棋子，正是江南毅。

自从客轮上的见面后，星野太一就发现，江闻天的这个小儿子，平静的外表背后，存在着与实际年龄不相称的精明和老成。他的身上，有不少江闻天的气质，但又比他老爹有悟性、有胆识、有力量、有谋略。他刺杀金绍华的过程，无疑有很多表演的成分。星野太一甚至怀疑，金绍华并没有死，而这一切都可能是江南毅故意做给七十六号特工总部看的。不过，这并不重要。在星野太一眼中，江南毅是否忠心履职并非核心的问题。他需要的，是能否利用这个人的弱点，激发他的强项，以弱胜强，为既定目标服务。从这一角度着眼，哪怕江南毅是个抗日分子，只要掌控得好，逼到极致，同样可以成为一把漂亮的利刃，显现真容。星野太一自信有这个洞察人性的能力。

他相信，按照设计的这盘大棋，只需静观其变，时机一到，就发出致命一击。

就在星野太一精心盘算的时候，季鹤鸣兴高采烈地敲响了江家大门。

"师兄！大喜事！大喜事！"

阿四叔开门，见是季鹤鸣，皮笑肉不笑："呦，是您啊。老爷不在。"

他就要掩门，季鹤鸣一只脚踏进来："阿四，你不过一个管家，有啥资格不待见我？让我进去！"

他肥胖的身躯使劲拱，阿四叔没拦住。季鹤鸣瞧着院子里一株株讲究的奇花异草，得意地这里摸摸，那里捋捋，俨然主人的派头。阿四叔一脸铁青，无可奈何。

季鹤鸣玩了一会儿，还不见江闻天出来，便冲正厅喊："师兄！师兄！江闻天师兄！我有好事跟你讲！"

"我跟你说了，老爷不在。"

季鹤鸣反而喊得更欢。在他准备迈进正厅时，江海霓走出来，一身学生装，却浑身散发大家闺秀的味道。

江海霓讲话如银铃般悦耳："季叔叔？您在这里做什么呢？"

季鹤鸣一瞧，来劲了："海霓侄女，来得正好，季叔叔有天大的好事与你分享。"

瞧着江海霓一脸迷茫的表情，季鹤鸣说："你二哥江南毅，现在可威风啦，成人上人了！"

江海霓清澈的大眼睛忽闪着："季叔叔，您真会开玩笑！我二哥都离开家好多年了！"

季鹤鸣愈加得意，赶紧竹筒倒豆子，绘声绘色地完整叙述了邂逅江南毅的故事。江海霓听得惊心动魄。

"季叔叔，你确定没看错？真是我二哥？"

"可不是怎地！他也是我看着长大的，能认错？我还跟他讲话了！讲好几句呢！"

江海霓喜极而泣："二哥回来了！真的是二哥！"

她想赶紧告诉爹，一转身，迎面撞上江北流。

江北流满眼阴沉沉地："妹妹，要去哪里？"

"大哥，季叔叔刚才讲……"

江北流打断她："他看走眼。不可能是那人。"

季鹤鸣急了："北流贤侄，这是你的不对。你和南毅都是我的贤侄，手心手背都是肉嘛！我认得你，就认不出他？"

"我说不可能就不可能！那人早不属于江家。我们家从来不出汉奸！"

江北流情绪失控，吼叫起来，像头发狂的狮子。

二姨太得知这件事时，她还能听见季鹤鸣离开时悻悻的余音："脑子坏掉，这家人脑子坏掉了，难怪南毅贤侄不愿意回来。人哪，就是这样，飞黄腾达遭嫉恨，还亲兄弟呢，呸！跟他老子一个德行，食古不化！唉，可怜我南毅贤侄啊！"

江北流一脸垂头丧气的样子。二姨太看着不顺眼，严厉地说："娘告诉你，不管用啥办法，绝不能让江南毅再进这家门！你没听季鹤鸣说，汉奸！七十六号特工总部！那是什么地方？汉奸窝啊！还杀人！阿弥陀佛！咱们家是造什么孽，怎么能出这么一个败类！阿弥陀佛！"

江北流没精打采地瘫在椅子里："可他……毕竟是我的弟弟。"

二姨太眼睛一瞪："弟弟？你跟他固然是同一个爹不假，但是同一个娘生的吗？嫡长庶出子，能是一回事？你呀，太软弱太窝囊，这样怎么能做成大事！你不动脑子好好想想，要是江南毅回来，江家的家产还能有你的份儿？别看你每天屁颠颠地跟着老爷子，只要江南毅插进来，就没你什么事了！他再和江海霓联合，老爷子铁定招架不住！到时候，你靠边站吧！你扪心自问，凭你这软弱无能的性格，能比得上猴精猴精的江南毅？你使出吃奶的力气，敌不过他的十分之一！自己几斤几两不知道？幼稚！天真！"

江北流被这番话深深地震住。娘说的话是如此刺耳，句句戳中他的心。

二姨太见他一蹶不振的表情，心生不忍，态度有所缓和："你是我唯一的亲儿子，我这当娘的，能让你吃亏？听我的没错。可千万不能心软啊！儿子！"

江北流的脑袋，渐渐耷拉下去："娘，您说的这些……我，我……"

二姨太气得恨铁不成钢："你怎么执迷不悟！真想把你的脑瓜壳掰开看看，里面生什么锈！就算你不管这些，你难道不管季铅依？"

江北流猛然抬头："季铅依！"

二姨太见有效果，趁热打铁："你别忘了，只要江南毅在，季铅依还会给你机会？"

江北流的心理防线瞬间瓦解。

"只要我还在，就不让江南毅夺走你的心上人。如果真如季鹤鸣所说，江南毅替日本人卖命，铁定是有家难回！依老爷子的脾性，哼哼！老爷子平生最恨的，是汉奸！他如果知道最喜欢的儿子变成日本人的走狗……不，不能让老爷子知道，绝对不行，他会气坏身子的！我得去跟阿四和海霓讲，这事必须瞒住老爷子。我现在就去跟他们说。遭天杀的江南毅！"

二姨太着急忙慌地出屋去，留下江北流呆坐在原地。

不一会儿，江北流的目光豁然坚定起来。

经季鹤鸣一闹，江家上上下下都知道二少爷江南毅一别多年后重现上海滩，变成"新政府"的一员。这件事成了江家最大的新闻。用人厨师车夫等一干人等，这些天常常聚在一起窃窃私语，被二姨太当场抓住几次，狠狠训斥惩戒，却依旧难掩巨大的好奇心，冒着扣薪解雇的风险四处打听。

全家唯独江闻天蒙在鼓里。

圆月当空。阿四叔立于窗前，背着双手，抬头望向苍穹，北斗七星高悬于上，他感叹道："江家再无宁日。"

十

　　季铅依是个特别的女子：凡事自己扛，所有的委屈往肚里咽，任何的痛苦都憋在内心最深处。但凡是心爱之人，哪怕犯再严重的错，她也会心软到毫无底线地原谅对方；但凡是心爱之人喜欢做的事，哪怕是罪大恶极的行为，她都执拗地从对方的角度考虑，想方设法替荒唐邪恶的动机开脱，找到足够的缘由理解对方、体谅对方，必要时甚至愿为对方献出一切，包括身体、尊严和生命。这性情，令她多年来拖着林黛玉似的病体，常常替她心中的"宝哥哥"江南毅牵肠挂肚。

　　江南毅是季铅依心中最大的痛，最难以割舍的挚爱。他俩青梅竹马，自记事起，季铅依就知道，将来非江南毅不嫁。这念头从未改变。有一天，她突然发现，一个叫秦苑梓的女人闯入江南毅的生活，江南毅爱这女人正如自己爱他一般，疯狂至极。她与所有失恋的女人一样，心如刀绞。她这才意识到，江南毅对她的好，是兄妹情，不是爱情。那时候，她整日想着如何自我了断。她的目的不是让江南毅感到内疚，而是想成全江秦之爱。这想法支配了她很长一段时间，直到有一天她忽然想通，决定不去死了。她发现，秦苑梓似乎不那么爱江南毅，而且背着他做见不得人的事。她不能让江南毅的爱受到一丁点伤害。她要尽全力保护江南毅。

"妹妹，喝药。"

思绪万千时，季飞宇端着一碗中药，来到床前，语重心长地说："医生讲过，你体质虚弱，这是急火攻心造成的晕厥。不及时调理，会落下病根。"

季铅依不接药碗："南毅哥真的是汉奸？"

这话憋在心里好多天，她必须问清楚。

季飞宇不想回答："这不是你现在应该想的事。赶紧把病养好再说。"

"不，你告诉我，他为什么要去当汉奸？"

季飞宇只好敷衍："这也是我想问他的。"

季铅依哭了："南毅哥定是在外太孤独，才误入歧途。否则他那样有血性的人，怎么会做出有违伦常、对不起祖上的事？不能怪他，是他的家庭造成的。都是家里人对他太不好，太不理解他。都是他们的错。"

季飞宇阻止她继续往下说："妹妹，不要胡思乱想。"

季铅依摇摇头："哥，你告诉我，怎么才能找到他？"

季飞宇骗她："我不知道。我从来没见过他，不知道他在什么地方。我们从未联系过。"

季铅依越发沮丧。她想见江南毅，是要告诉他关于秦苑梓的事。那是她一直想说却不敢说的。这件事纠结她很多年。她曾经想永远不让江南毅知道，但今天她改变主意了。江南毅之所以进七十六号，在她看来就是为了秦苑梓。他爱得太深，连汉奸的骂名都背！他要是知道秦苑梓是个杀起抗日分子不择手段心狠手辣之人，会不会惊讶？他要是知道秦苑梓与男人经常约会，会不会痛苦？

季铅依暗暗发誓，要阻止江南毅在这条不归路上越走越远。她不能眼睁睁地看着至爱之人被美女蛇蛊惑、欺骗、愚弄。

然而，她对生活和人类的认知毕竟是有局限的。世界上有比美女蛇更可怕的东西：为了不可告人的目的，人性之恶无限放大后，会唤醒一连串深不可测的阴谋。而这个可怕的阴谋，正在一步步逼近她和她的父亲。

季鹤鸣碰了一鼻子灰，从江家出来后，没精打采地徘徊在人烟稀少的街道上。江家人都是些榆木疙瘩，除了固守的面子和道德，对他们来说，其他一切都不重要。江南毅混得一官半职，要权力有权力，要地位有地位，要金钱有金钱，除了名声不大好听外，应有尽有。虚无缥缈的名声有什么用？只要不被欺负，是汉奸又怎么样？这世道难道不是弱肉强食、成者王侯败者寇？

季鹤鸣觉得这番想法特别有道理，逻辑自洽，简直无懈可击！他又当街骂了几句，感觉还不解气，顺手拾起一根树枝狠狠踩几下，一边踩一边捎带上江闻天的名字。终于，他折腾舒服了，最后冲着江家的方向吐口口水，心满意足，一摇一摆地准备继续往前走。

砰！

后脑勺遭到沉重一击，没来得及回头，他就失去意识。

一个戴着人皮面具的黑衣人，用力抱起季鹤鸣，拖进十米外的一辆黑色轿车，朝东南方驶去。

醒来时，季鹤鸣浑身酸软无力，他被五花大绑捆在一张硬板床上。他清楚地看到头顶上方的横梁上，卧着一只硕大无比的老鼠。好像是地下室一类的地方。

黑衣人戴着人皮面具，坐在距离他五六米远的地方，正用火筷子拨弄一个火炉子。他告诉季鹤鸣，之所以绑他至此处，是想要一件东西：玉绒棋盘。如果季鹤鸣交出玉绒棋盘，奉上二十根大黄鱼。倘若执迷不悟，他只能折磨季鹤鸣，先一根根剁手指头，再砍脚指头，挖眼珠子，割鼻子，切舌头，所有器官都取下来，最后砍掉脑袋。说完，他拿起一把锋利的长刀，用力磨起来。

季鹤鸣头上渗出豆大的汗珠。在黑衣人说话时，他脑中转过无数个弯。他想不出这人是谁。是杜九皋派来的？

杜九皋觊觎玉绒棋盘，这不是秘密。

季鹤鸣计划先试探一下。他脸上的肌肉紧张得发僵，仍然使劲挤出一丝笑容："这位大哥，您我素不相识，您要打劫，得去找腰缠万贯的达官贵人、挥金如土的富贾豪绅、满身绫罗的名媛贵妇吧？我这样的穷光蛋，破衣烂衫，吃饱上顿没下顿，一家子人都养不活的窝囊废，您怎么能看上呢？唉，真是耽误您的宝贵时间呢！您还是放了我，我到外面去帮您找找，看看哪个有钱人值得抢一抢。哎对了，我虽然不熟识什么大户人家，但有几个富人住的地方我还是知道的。嘿嘿，谁让咱平时嫌贫爱富呢！我向您保证，只要我一出去，肯定不让您失望！保证您一票赚得满堂彩！"

他这一番话，是性命攸关之际灵感爆发的结果。黑衣人忍不住笑出声："季鹤鸣啊季鹤鸣，江湖人称你是'小鼓上蚤'，我看不够准确。你偷盗的技术实在不怎么样，偷一次人家逮一次正着，比起时迁祖师爷，天壤之别。你的嘴皮子还真是够利索。我给你换一个绰号，'小八哥'，如何？"

他狂笑起来，震得季鹤鸣瞬间满身鸡皮疙瘩。

猛然间，黑衣人身形一闪，已到季鹤鸣身边，用刀背拍着他的脸，恶狠狠地："少跟我耍花样！老子这辈子行走江湖，你这号人见多了。不老老实实说出玉绒棋盘在哪里，先让你这猪一样的肥脸多几道血痕！"

季鹤鸣很害怕，脸上毫无血色，声调哆嗦，依然拼命挣扎："大爷，您这就不对了。所谓对牛弹琴，我就是那头死不开窍的老牛，可不敢糟蹋您一手好琴艺呀！俞伯牙得找到钟子期啊！我完全相信，您说的什么棋盘肯定在谁手里，我保证给您偷过来！保证！啊！！！！"

季鹤鸣左手小拇指被硬生生掰断。

"您！您不能在我身上'庖丁解牛'啊！"

他疼晕过去。

再次醒来时，他发现正躺在自家床上，左手缠着绷带。季铅侬焦急地望着，季飞宇双眉紧皱，立于一旁。季铅侬说，是一个弯腰弓背的老太太驾着一辆马车，送季鹤鸣回家的。据老太太讲，她是住在附近的邻居，看见一人躺在路边，认出是季鹤鸣，送了回来。独自在家的季铅侬见状吓坏了，只忙着扶季鹤鸣，未顾得上细瞧老太太长相。

季鹤鸣想不起来邻居中有那样形貌的老太太，他只字不提被绑架的经历，坚持说是自己摔伤的。季飞宇觉得有些蹊跷，私下里问季铅侬，家里是不是结下仇人？季铅侬摇摇头。季飞宇又去街坊邻居处打听一圈，没有谁家住着弯腰弓背的老太太。季飞宇断定老太太很可能易过容，也许就是绑架季鹤鸣的人。以防万一，他一连好几天没出门，每晚睡在门厅，枕头下面藏着手枪。

在地下室里，人皮面具一点点撕下来，露出一张苍老的脸。一旁的矮凳上，摆放着一块特制的软板，绑在身上，就变成驼背的样子。

那人摸着人皮面具说："季鹤鸣，你的狐狸尾巴要露出来了。"

又过了几日，一个寒风刺骨的夜晚，季鹤鸣忍着断指之痛，怀揣一把铁铲子，来到十公里远的一片荒地，吭哧吭哧地掘出一件物事，随后又走出几百米，站在一棵大梧桐树下，重新埋起那件东西。他十分警惕地环顾四周，确定无人发现，才鬼鬼祟祟地离开。

第二天晚上，一个弯腰弓背的老太太找到大梧桐树，挖出那件物事。

十一

江南毅想不到，他会再次来到愚园路二百一十八号的百乐门，坐在一楼的休息室喝咖啡。他更想不到，这间休息室里安装着窃听设备。

他手里拿着一个笔记本，翻开第一页，上面写着：

上海西区唯一一家豪华娱乐场所——大华饭店，于一九二九年关张大吉，富家公子们突然发现东方之都再找不到夜生活的好去处。百乐门由此横空出世。这座远东第一乐府，是南浔大亨顾联承投资七十万银元，在静安寺附近兴建的。这之前，静安寺周边还是一片农田，随着租界范围不断西扩，顾联承极具眼光地相中那里的地皮，买下近三千平方米的荒地，建造一座集休闲、娱乐、歌舞及宴请于一体的豪华娱乐会馆，并花重金聘请毕业于南洋大学土木工程科的杨锡镠，设计了这座地标性建筑。

建好的百乐门，高三层，楼顶上方是四节圆柱形玻璃塔。塔上插有旗杆，节节收缩，每当夜幕降临时，彩灯流转，方圆十里之内，百乐门独占风光。大楼左右两侧，用英文标注"PARAMOUNT"，本意"至高无上"，翻译成"百乐门"，神形兼备、恰到好处。

读至此处，江南毅的视线转移到对面沙发里的上官玉灵："你还是那样爱写东西。"

上官玉灵轻轻抽一口仙女牌香烟，吐出两个淡淡的白色烟圈，双眼迷离地打量江南毅，不无感伤地说："多少年了，每当我寂寞时，就顺手涂上几笔。这些文字，让我找回当年的感觉，还有钟情于恋人时的幸福。"

江南毅避开那极富杀伤力的眼神："是杜九皋让你来找我的吧？"

上官玉灵笑："你真是一点都没变，不给别人喘息的余地。在文华舞厅，你为什么要杀那个人呢？"

见江南毅沉默不语，她又说："我是杜九皋的女人，但从不过问他的事。今天我约你，仅仅是叙旧。"

她起身依偎过来，江南毅本能地站起："没有其他的事，我先走了。"

上官玉灵突然说："秦苑梓那女人可不简单，你小心别着了她的道。"

"你认识秦苑梓？"

上官玉灵的玉手搭在江南毅肩膀上："全上海滩的达官贵人中，没有几个不知道秦苑梓。她是如何坐到七十六号特工总部情报处处长的位置上？你人脉那么广，不妨去打听打听。"

沙发背后的窃听器，准确地把这番话传到秦苑梓耳朵里。在百乐门一楼的另一个包厢，秦苑梓摘下耳机，嘴角浮起一丝嫉恨与轻蔑。她偷听二人谈话的目的，是想掌握上官玉灵和江南毅过去的情感纠葛。她爱的男人曾经与另一个女人发生过故事，强烈的好奇心、嫉妒心驱使她想了解这段历史。在同事不存在通谍嫌疑的情况下，她借职务之便，使用非常手段窥探其隐私，被上头知道，可不是小事。

秦苑梓并非唯一关注江南毅的人。在那间休息室的衣柜里，还藏着更加隐蔽的窃听器。其主人星野太一，正戴着耳机聚精会神、兴致勃勃地听着房间里的对话。他听到上官玉灵又说："你在七十六号工作，太危险。那地方藏污纳垢，根本不适合你，你是上海滩有身份的人，何必同流合污呢？而且……别忘了，你们家那位娘姨，可是替共产党做过事的。"

第二天上午，羽生白川召集七十六号核心部门的负责人开会，秦苑梓、江南毅均在座。按照星野太一的指示，羽生白川当众宣读一张人员名单，一共五人，说是中共地下党在上海的核心人物及其住址。其中一人，正是江家的娘姨。

江南毅立刻意识到，昨天他与上官玉灵的对话遭到窃听。这份名单明显是伪造的。这是针对他的一次阴谋。

会议决定，江南毅协助秦苑梓参与这次抓捕行动。

"南毅君，如果你觉得有困难，提出来。"

羽生白川觉得很是对不住江南毅。星野太一突然塞过来的这份名单，令他有些不知所措。抓共产党的事，本来与星野太一没有什么关系。他是来督导"寿司"计划的，但不知道为什么要横插一杠子，干预七十六号特工总部的事务。名单上的这几个人，他一口咬定是通过特殊的关系查到的共产党头头脑脑。情报处这么多年都未捕获的上海地下党主要负责人，靠他这个刚从日本来的督导，就一网打尽了？尤其是名单上最后这个人，江家的娘姨，她是共产党？

羽生白川觉得星野太一是故意刁难陷害江南毅。

秦苑梓的第一反应，是除她之外，竟然还有人暗中监视江南毅。如果江家的娘姨确定是地下党，江家会遭到灭顶之灾。制定名单的这个人，难道是与江南毅交恶之人？是江家的仇人？

当她昨天从窃听器里听到关于娘姨的事时，有些惊讶，但并不意外。江家在上海滩一向保持着扶危济困、义薄云天的正面形象，江闻天更是德高望重，江湖上一言九鼎，各方势力都愿意与之结交。他家与共产党或者国民党有些说不清道不明的瓜葛，实属正常。在上海滩，哪个大户人家不是关系盘根错节？这种事情多是有人举报，调查后却找不到过硬的证据，只能不了了之。要是任凭风言风语就胡乱抓人，新政府在上海市民心中的形象会受影响，不利于城市的管理。江家树大，难免招风，遭人嫉妒陷害，但说娘姨是中共地下党负责人，未免过于阴险毒辣。这是要置江氏一族于死地。

羽生白川和秦苑梓不禁都看向江南毅，不知他如何迎住当头一棒。

"羽生君，你想多了。如果查据属实，我亲手抓她。莫说她是我的娘姨，就是我亲爹，也必然手到擒来，绝无二话。我不做任何有损七十六号形象的事。"

江南毅信誓旦旦地表忠心，心中却想如何化解风险、救下娘姨。娘姨是从小看着他长大的，是除母亲之外最亲的人。娘姨是土生土长的上海人，不善言谈，却有一颗善良的心，多年前曾救过一名负伤的中共地下党员。

"四一二"反革命政变时，蒋介石大举清党，上海滩成为共产党人的噩梦之地。那天夜里，娘姨出门买灌汤包回来的路上，发现一人躺在地上，浑身都是鲜血，前胸后背各有一道又深又长的刀口。从小信佛的娘姨于心不忍，带那人回去，藏在地窖里，从药房偷偷拿金疮药为其治疗。那人休养两天，略微好转后不辞而别。几天后，一位年轻人来到江家，送来几根大黄鱼，说是他们老板的一点心意。江闻天才知道娘姨救人之事。一个月后，报纸上登出处决共产党的一则消息，其中一位正是送来大黄鱼的年轻人。由此推断，娘姨所救之人很可能是共产党的一位重要人物。江闻天并未责怪，反而对她更好，视为一家人，还让孩子们都必须尊重娘姨。

娘姨与共产党的故事，仅止于此。此事发生时，日本尚未侵略中国，现在有人却翻出多年前的老黄历，移花接木，借题发挥，施欲加之罪，借刀杀人。江南毅面临着两难困境，他既不能引起日本人的任何怀疑，又必须使娘姨转危为安。

当他告诉老于时，老于的眼眶湿润了。

原来，老于就是当年娘姨所救之人。

老于说："你的娘姨是我的救命恩人，这次我绝对不会让她有事。"

那天晚上，江南毅和老于谈了很久，直至深夜。

那天夜里，羽生白川第一次对星野太一表达强烈的不满情绪。

星野太一定下抓捕娘姨的日子，正是江闻天的寿辰。羽生白川实在忍不住了："星野先生，您为何要跟江南毅、江家这般过不去？您要使用这样的方式考验江南毅的忠心，不如顺便调查我，是我请江南毅回来的。我的做事原则，用中国的古话说是，用人不疑，疑人不用。您要是疑神疑鬼，不如请军部详尽地、认真地调查一下我的忠诚度。"

面对羽生白川的发难，星野太一的回答简单平静："羽生君，你对我不满，可以去军部告我。军部若罢免，我立刻离开。在这之前，你必须无条件听从我。请你执行命令。"

星野太一的段位，远非羽生白川可比。他精通《孙子兵法》，懂得不战而屈人之兵的道理，研究过四两拨千斤的思想，善于自然地、不经意间消解对方的意志和决心。这是几十年精研围棋与中国兵家文化的结果。在他面前，羽生白川这位一向自视甚高的票友，顿觉力不从心，产生深深的落败感。

星野太一说："羽生君，中国有一部著名的《司马穰苴兵法》，也称《司马法》。书中记录了许多中国古代用兵、治兵的原则，蕴含着很丰富的哲理。其中有一段话是这样说的——众寡以观其变，宽而观其虑，进退以观其固，危而观其惧，静而观其怠，动而观其疑，袭而观其治。这话的意思，是指要用或多或少的兵力去试探敌人，观察他的变化；用宽容的方法，观察他的考虑；用忽进忽退的行动，观察他的阵势是否稳固；用迫近威胁的方法，观察他是否恐惧；用按兵不动的方法，观察他是否懈怠；用骚动的方法，观察他是否疑惑；用突然袭击的方法，观察他的阵容是否管理得好。而对待江南毅，就要采取'危而观其惧'的方法。"

十二

势镇汪洋，威宁瑶海。

每年的这一天，是江闻天的寿辰，也是他最难熬最痛苦最伤心的日子。

每年的这一天，江家没有张灯结彩，没有大宴宾客，没有高朋满座，没有迎来送往。只有阿四叔带着几位下人，安安静静地打扫厅堂庭院，让冷清孤寂的宅邸尽量显得有些生气。

这样的情形，已经持续了整整十八年。

这一凝聚中国深厚传统的大家庭，历经悲欢离合，疲态渐显，像一具断臂的维纳斯，矗立在悲剧之巅，不时引来阵阵沉重的叹息。根深蒂固的庄重、博大与深邃，融合迎面扑来的矛盾、无奈与悲凉，显得震古烁今。

不过，亲情的残缺并不能掩盖外观的秀美。在上海滩的大户人家中，江家的布局还是很有些名气的。

上海有不少知名的宅子，陈设布局总是很讲究，一家有一家的特色，一家有一家的精致，一家有一家的传统。走进江家大宅，映入眼帘的首先是前院，一座古色古香的江南园林。叠山立峰、小桥流水，花墙环绕中，楼台掩映、亭榭参差、通幽曲径、郁郁葱葱，箫剑亭、松涛台、八仙桌等摆设，映衬于翠柏苍松之下，构成别具一格的建筑群。四季桂、银桂、金桂、丹桂等几十个品种的奇花异草，飘香满园，动人心魄。

横穿古典园林，便来到中院，这里坐落着两座小楼。钢筋混凝土结构，主立面设两层列柱敞廊，平面复杂，地面与彩色玻璃等处装饰精美。小楼两侧是长长的围墙，墙体呈朱红色，门楣与窗檐上刻着精巧的雕花，窗棂上一律七彩的拼花玻璃。蓝色楼角从矮树丛里冒出头来，下面是一方整洁干净的草坪。小楼底层，原有一条华美的内廊，中间突出，两侧向南收敛，三根乳白色的大理石柱呈稳固的三角形结构。清一色西洋风格的建筑，远远望去，却不由自主地生发"千丈悬崖削翠，一川落日镕金"的感慨。这，或许就是江家的神奇之处。

这个家最里面的一层，是最核心、最能体现江家特色的后院。在一篇日记里，江海霓对此精心描述过：

我们家的后院，永远是一座美丽神奇的迷宫。

那里有弯弯曲曲的小径，可跑高头大马的便道，仅容两人通过的石板桥，红色大鲤鱼蹦跳畅游的荷花池，半藏于茂林间的古塔亭，红白玫瑰、康乃馨、紫荆、丁香、海棠汇聚一体的玻璃花房，挂满刀枪剑戟斧钺钩叉鞭铜锤戈镋棍槊棒矛耙十八般兵器的练功房，藏有《金刚经》《地藏经》《法华经》《无量寿经》等佛学典籍的藏经阁。我最感兴趣的，还是那间非黑即白的棋室，里面充满难以理解的阴阳之道，处处可见巧夺天工的模型、星罗棋布的机关、迷雾重重的布局，以及荧光鬼火一般的挂图。小时候，二哥常常带我去那间屋子里玩捉迷藏，每次我都找不到他，每次我都会被不知道从哪里冒出来的怪物吓到。

在位于藏经阁东侧的祠堂里，江闻天正站在江王氏的灵位前。灵位里的相片，眉目间的神态酷似江南毅。每年的今天，江闻天都走进祠堂，与已故的发妻说说话。

他从怀里取出另一张旧得发黄的相片，上面是江王氏生前一家人拍的全家福。这张相片，江闻天看了又看、摸了又摸，老泪不知不觉间流淌下来：

"慧湘，十五年前的今天，你永远地离开了我。你偏偏选在这一天走，是不是在惩罚我？从那天起，我发誓再也不过寿，只陪你。今天，我整整七十岁了。

"十五年前的今天，咱们的儿子南毅离开家，然后再没有回来过。我知道，他是因为恨我。他不愿意认我这个爹，这是你给我的报应。我不怨你。不过，我今天要告诉你一个好消息，南毅回到上海了。阿四前几天告诉我，他的确已经回来了。虽然我还没有见到他，不知道他现在做什么，但他回过这个家。他很快可以来看你。你不要怨他。

"慧湘，我不指望南毅这孩子能再认我。只要他叶落归根，以后哪怕不住在家里，常来看看，我就知足。你知道，我从小偏爱他，北流固然长年跟在我身边，也很孝顺，但未来能撑起江氏一脉的，肯定是南毅。只有这个孩子，才能承担起照顾好全家人的责任。"

外面响起急促连续的叩门声，像是阿四叔。江闻天皱起眉头。他在祠堂时，任何人不准打扰，这是早就立下的铁律。阿四叔如此，定是发生十万火急之事。

"老爷，七十六号特工总部的人来了，要抓娘姨！领头的是……您来瞧！快来瞧瞧！"

江南毅一身黑衣，脚穿一双黑色高筒皮靴，两腿微微开立，两手背于身后，威风凛凛地站在前院的前廊。身后一左一右，是羽生白川和秦苑梓。院外，十几名特工分头围住前后门。江家的园丁、厨子等用人躲在屋檐下，满脸都是疑问与惊惧。

二姨太闻声从中院赶过来："这是做什么？你们是谁？

到这里有何贵干？"

她一眼瞧见江南毅，先是吓一大跳，再瞧阵势，来者不善，迅即顺从地媚演起来："哎呀呀，这不是我们家久违的二少爷吗？是什么风把你给吹回来啦？老爷知道吗？你兄长小妹知道吗？怎么不跟家里说一声，我们好安排去接你嘛！回来就好嘛，以后咱们一家人团团圆圆、和和美美的，你都不晓得老爷有多思念你！可不要再离开我们啦！这些都是你朋友吗？外面冷，快家里坐！家里坐！"

江南毅面若冰霜："二太太，这么久不见，你还是那么王熙凤。娘姨在哪里？让她出来。"

二姨太见这位二少爷一点不留情面的架势，不免有几分怕，一边强颜欢笑，一边赶紧喊人："老爷！北流！海霓！你们快过来招呼！咱家来贵人啦！"

她这一喊，江南毅心里一凛。来之前，他想过无数种可能，希望动静尽量小，最好悄无声息地带走娘姨。出发时，他却发现羽生白川和秦苑梓都坐在车里，还带了十几个行动处和情报处的人。明显是星野太一暗中指使的，抓娘姨这件事，他偏要弄得大张旗鼓、满城皆知，要让他江南毅再回不到这个家，进入绝境。

江海霓循声跑出来，看见江南毅后，径直抱住他，单纯地哭起来，一个劲儿地只叫二哥。兄弟姐妹中，江南毅和江海霓关系最好，从小最护着她，如今在这样的场合相见，实在是心如刀绞。他不知道这出大戏何时收官，但结束之前，都必须戴着面具生活，像变色龙一样伪装。越让家人觉得自己陌生，他们越安全。

他蹲下来，扶着江海霓的肩膀说："妹妹，等二哥办完正事，就回来好好陪你。二哥问你，娘姨在哪里？"

江海霓正待开口，忽然听到一声大喊："海霓，万万不可告诉他！他是来抓娘姨的！"

江北流的声音由远及近，到江南毅跟前时，已是浑身怒火。他指着江南毅的鼻子骂："你滚出去！"

江海霓对他的态度很是不解："大哥，你不要这样对待二哥。他是回家来的。"

"回家？你看他像回家的样子？他带的这些人，你知道是干什么的？都是日本人的走狗！汉奸！特务！季叔叔说得没错，他是七十六号特工总部的人。是咱们江家的败类！他今天来的目的，就是要带娘姨走！带回他们的魔窟！"

"娘姨在哪里？"

江北流想不到，这个同父异母的弟弟误入歧途、难以自拔到如此程度。他喊道："娘姨早离开这个家了！你找不到她的！我不会让你找到她！"

江南毅掏出手枪，顶住江北流的脑门："娘姨在哪里？"

在场所有人都傻了。二姨太吓得哇哇乱叫，江海霓原地呆立，用人们害怕得捂上眼睛。

江北流吓住了。这样的场面他从未遇过，有些慌张，说话有些不太利索："你，你敢拿枪指着我?! 你，你怎么敢!"

江南毅进一步用力，顶着江北流步步后退，逼至墙根："告诉我，娘姨到底在什么地方？说!!!"

江南毅朝天开一枪，惊得江北流一屁股跌坐在地，嘴唇直哆嗦，一个字也讲不出来。

"住手。"

江南毅最不愿意看到的局面终于出现。

他强烈地感受到身后江闻天的强大气场。那双饱经沧桑、磨难和痛楚的眸子里，交织着极其复杂的情绪。那是来自父亲的悲痛与伤心，来自长辈的绝望与无助，来自名门望族大家长的暴怒与愤恨。

"孽子，带着你的这些狗，滚出我的家门。以后再不许踏进半步。"

人世间悲惨的事，莫过于身不由己的误会引发的一连串悲剧。

七十六号特工总部的审讯室，是撒旦的天堂、天使的地狱、恶之花的游乐场、正义者的受难所。江南毅身处其中，分不清正在扮演哪个角色。坐在他对面的娘姨，手里握着一本《心经》，慈爱平静地看着他。

娘姨不愿连累江家人，众目睽睽之下，主动走出后院，自投罗网。当她上车时，最后看了一眼居住近四十载的江家大宅，最后看一眼她视如至亲的江家人，最后看一眼头顶上方那片碧蓝的天空。

她是一位普通的家庭妇女，文化水平不高，但明事理知荣辱，分黑白懂廉耻。她是江南毅的奶妈。当年，江王氏身体不好，二姨太整日混迹舞场，江闻天长年迷恋弈棋，是她含辛茹苦地带大江氏兄妹，像对待亲生儿女般精心抚养。三人中，她最疼爱的便是江南毅，她最看重的也是江南毅。在她眼中，这孩子身上最大的特点是善良与勇敢，永远替他人着想分忧。她平常不善言辞，话很少，总是忙忙碌碌地做事。但只要江南毅在，她的话就多起来。一到深夜，江南毅爱趴在她身上，听她讲古时候形形色色的故事，有精忠报国的岳飞、女扮男装的花木兰、正气凛然的文天祥、酒后赋诗的李太白、仗剑斩妖的吕洞宾。江南毅因江王氏之死离开家后，她伤心难过了很长一段时间。她不敢问，不敢听，每夜睡前都对天祈祷，盼望菩萨保佑江南毅平平安安，保佑江家父子言归于好，保佑这个大家庭团圆和睦。

今天，她终于又见到这个孩子。

"这是上天对我的惩罚。"娘姨自言自语。

星野太一坐在江南毅身后，亲自监督这次审讯。江南毅真希望此刻替代娘姨受苦，他有生以来从未经历过这样的痛。受审者是最亲之人，审问者却必须使用最严厉的手段逼其就范，好似用利刀割下自己的肉煮汤喝。

娘姨否认与共产党有任何瓜葛，拒绝承认救过任何一位抗日分子。星野太一意味深长地看着江南毅说，犯人顽固不化，不吃些苦头如何肯招？江南毅恨不能活剐他，嘴上仍说星野先生所言极是，随即下令动刑。酷刑之下，娘姨遍体鳞伤，生不如死，却自始至终不承认。她第三次从昏死中醒来时，断断续续念叨着什么，星野太一凑近前，听：

　　观自在菩萨，行深般若波罗蜜多时，照见五蕴皆空，度一切苦厄。舍利子，色不异空，空不异色，色即是空，空即是色，受想行识，亦复如是。

　　舍利子，是诸法空相，不生不灭，不垢不净，不增不减。是故空中无色，无受想行识，无眼耳鼻舌身意，无色声香味触法，无眼界，乃至无意识界。无无明，亦无无明尽，乃至无老死，亦无老死尽。无苦集灭道，无智亦无得，以无所得故。

　　菩提萨埵，依般若波罗蜜多故，心无挂碍，无挂碍故，无有恐怖，远离颠倒梦想，究竟涅槃。三世诸佛，依般若波罗蜜多故，得阿耨多罗三藐三菩提。

　　故知般若波罗蜜多，是大神咒，是大明咒，是无上咒，是无等等咒，能除一切苦，真实不虚。故说般若波罗蜜多咒，即说咒曰：揭谛揭谛，波罗揭谛，波罗僧揭谛，菩提萨婆诃。

"《心经》的力量是伟大的，竟让一个瘦弱不堪的老太太坚强至此。"星野太一说完，下令把娘姨关进大牢。

当晚，江南毅找到羽生白川，说我要回日本，这活我干不了。"你们不信任我趁早让我走，不要折磨我。我已经尽可能按照你们的要求去做，为什么还是要把我往死里整？我的娘姨是不谙世事的老实人，没念过什么书，连'共产党'三个字怎么写都不晓得，你们这样对待她，还有人性吗？你们日本人就是这样对待友人的？羽生兄，我不适合你安排的这项工作，请允许我提出辞职，我希望回到早稻田大学继续教书，当我的教授。大学生活固然清贫，但至少没有尔虞我诈，没有蝇营狗苟，没有你死我活。"

第三天，江南毅找到老于，二人又发生一次激烈争论。老于想牺牲自己，请江南毅主动暴露他，并透露给娘姨，再让娘姨告发。老于说他欠娘姨一条命，现在到了偿还的时候。江南毅坚决反对，说亏你还是地下党负责人，做事能不能用点脑子？日本人不是傻瓜，他们并没有掌握娘姨通共的实据。真套出点什么干货，才是害娘姨，你老于白白牺牲。你死不足惜，咱们的任务怎么办？谁协助我？你老于真是被报恩冲昏了头脑。

一番狠话，如当头浇了一大盆冰块，打得老于醒了过来。

十三

"老爷，二少爷的事，我们真不知道。"

"爹，他卖国求荣，认贼作父，我跟他拼了！"

"二哥定有苦衷，我不信他是坏人。"

"老爷，不废此子，天理难容！娘姨生死未卜，是可忍孰不可忍，你要拿主意啊！"

书房里毫无动静，任凭屋外的众人炸窝。刚刚发生的一切，像一场噩梦，环绕在气派庄严的大宅院上空，久久不醒。

江南毅带走娘姨的那一刻，这个家就彻底散了。

江闻天站在床前，目不转睛地看着挂在墙上的一幅字：

永遇乐

旷世雄杰，文坛巨擘，经纶国手。壮业奇功，英名伟著，百代风云走。运筹帷幄，吟诗草舍，笑指虎争龙斗。

想当年，隆中高卧，迷花醉月呼酒。刑余太史，忍心含垢，赚得千秋不朽。

古往今来，后生多少，仰典章魁首。诸葛固是，司马非否，拭目而今而后。危楼上，悲歌感慨，笔飞剑吼。

江南毅作

戊辰年二月初十

一九二八年三月一日，为庆祝江闻天五十五岁寿辰，二十岁的江南毅作词《永遇乐》。当晚，江闻天带江南毅走进后院的棋室，亲自传授一盘围棋残局的破解之道。

"孩子，判断某人是不是围棋高手，关键在于其纵览全局的眼光。弈棋如拆招，借势用权谋。每一步落子，用好了，都是一条计策。你面前的残局，走通它，需要足足三十六步，也就是三十六条计策。"

江闻天一步一步演示，边下边讲："备周则意怠，常见则不疑。阴在阳之内，不在阳之队。太阳，太阴。""共敌不如分敌。敌阳不如敌阴。""示之以动，利其静而有主，益动而巽。""宁伪作不知不为，不伪作假知妄为。静不露机，云雷屯也。"……

三十六步讲解完，天已大亮。棋面上的布局，形似麒麟，状如游龙。

"爹，这残局博大精深，黑中有白，白里见黑，招招刀光剑影，招招袖里乾坤，何名？"

"天雷滚滚，万籁俱寂。天籁棋局。"

"传说中的天籁棋局，就是它？名不虚传。不是说谁走通谁将获得一笔巨额财富吗？"

"孩子，我师父鬼棋圣生前曾说，天籁棋局走通容易，乃是术，应验传说则需道。玉绒棋盘、青目棋子，缺一不可。玉绒青目都不在我手中，就算走通成百上千次，又岂能见到财富的半点踪影？"

"玉绒青目现在何处？"

"此事只有我师父知道，无奈他老人家早已仙逝，生前未曾有一星半点的透露。我是淡名利的人，在我眼中，金银财宝除了激发贪欲，引起争斗，实在是有害无益。残局赋予我们的真正启示，是要掌握里面隐藏的处世保命之道，并灵活运用于你的生活，将来应对人生之路上的无限坎坷时，做到气定神闲，淡定自若，举重若轻，那才是大智慧。反之，为一己之私，穷毕生之力寻找身外之物，未必如愿，而且还会错过经世济民、报效国家的时机，陷入虚度人生的死循环，聪明反被聪明误，悲惨至极。南毅，江家世世代代都是忠良义士、英雄好汉，作为后人，我们万不可辜负祖先的遗训，所言所行要对得起先人、对得起国家、对得起民族。我们可以一辈子做平凡的小角色，但绝不可以做辱没门庭、辱没祖宗的事。哪怕是再微不足道的小人物，他的脊梁也要始终挺立着。这一点，必须铭记于心。"

江闻天满怀希望地看着江南毅。

回忆至此，再联想到刚刚不堪回首的一幕，江闻天的心里，像是有无数把利刃在搅动，从未这样难受过。在他最想念儿子的一天，儿子回来了，那样突如其来，令他猝不及防。儿子身份的巨大转变，在他心中引发的地震、海啸和飓风，其猛烈程度，只有身为人父者才可能产生共鸣。那苦、那痛，从内到外摧毁了他的容颜。短短几个时辰，他原本苍老的脸上又平添了几道深深的沟壑。

今天带走娘姨的江南毅，看起来就是一个完全陌生的人，与当年志存高远、视岳飞韩世忠为崇拜对象的那个青年相比，判若两人。究竟是什么样的经历能如此彻底地摧毁一个优秀的年轻人？究竟是什么样的邪恶之人引他的儿子踏上一条天理难容之路？这样的坏人应该千刀万剐，打入十八层地狱，永世不得翻身。

江闻天暗暗起誓，要拯救江南毅。他不会让江王氏的血脉不明不白地毁掉，他不会让自己的骨肉任人宰割，他更不会允许江家贴上卖主求荣的标签，让几百年的声誉荣耀毁于一旦。

江闻天打开书房的门。门外站着阿四叔、江北流、江海霓、二姨太。

"阿四，备车。"

上官玉灵从杜府出来，看到一辆黑色的别克轿车停下，江闻天从车里下来。杜府的大管家满脸堆笑地迎进去。

娘姨落入日本人之手的事，上官玉灵略有耳闻。那天在百乐门，她提起过娘姨，几天后江南毅就去抓了人。这两件事之间难道有关系？若果真如此，她岂不是推波助澜、助纣为虐？

上官玉灵一时间觉得，她看不透江南毅了。看来，她之前的直觉是错误的，这个男人还是变了。

江闻天主动拜访，这是杜九皋执掌青帮以来头一次遇到。杜九皋清楚地记得，从加入青帮那日开始，江闻天就再未与他来往过，他力邀多次，对方均以种种理由拒绝。他知道，这位自视甚高、看重名节的棋王故意与自己保持距离，害怕和青帮扯上瓜葛。今天江闻天竟放下老脸，肯屈尊前来，定然是为了他家娘姨的事。

"棋王就是棋王，机关算尽真聪明。他这盘人生大棋，当真是下到境界下出火候了。"杜九皋不由得感叹道。

"杜爷，江爷到了。"大管家请示。

"请进来吧。"

江闻天远远就看到题有"聚义厅"三个大字的银白色牌匾。这牌匾他太熟悉了，那每一个笔画，都是一件件往事的缩影。

嗖！

两件利器从书房里疾速射来，直接飞向江闻天面门。江闻天轻轻闪过，伸手接住。是一黑一白两枚围棋子：偏圆形，边界均匀、光滑。

江闻天一扬手，两枚围棋子射向十米开外的一件老鹰标本，精准地嵌入两只鹰眼，力道极大。

"大师兄，一别多年，身手还是那么敏捷。宝刀未老啊！"杜九皋出现在书房门口，怪怪地笑。

"九皋，你这些年过得好逍遥啊！"江闻天说。

"我这小庙，不过混口饭吃。哪里比得上大师兄，你那里才是人间天堂的范例呢！"

"当年师父就说过，师兄弟三人之中，数你最不安分，野心最大，棋道也最差。你的功夫，都在墙外开了花。不过做得这么大，倒未曾听闻你与倭寇同流合污的事情，还算不错，没有违背师父遗命。"江闻天环顾着满屋的奢华陈设，说道。

"大师兄，你甭挖苦我。这些年，你就没给过我好脸色。我做的这些事，交的这些人，在你眼里就没有上得了台面的。你看不起我，我不怪你。何况，风水轮流转，你不是也有求于我了吗？"

最后一句话刺激到江闻天："我没有事，告辞。"他转身准备离开。

"无事不登三宝殿。大师兄，你不说我也知道。你们家娘姨，我能救。"

江闻天站在原地。

杜九皋绝口不提江南毅。以他对江闻天的了解，这是一处死穴。麻烦的是，救娘姨绕不开江南毅，他总不能替江闻天清理门户吧？

"大师兄，我保证不伤害其他人。"杜九皋试探江闻天的态度。

"九皋，有些事情，我会自己弄清楚的。"

娘姨被抓的第三天晚上，羽生白川找到江南毅，带着他驱车来到上海西南远郊附近的一片红色大楼，穿上核辐射防护服，走入最中央的那一座楼，进入地下三层。那里有一扇大铜门，门上有三道锁。羽生白川从怀里取出三把钥匙，依次打开三道锁，拉开铜门走进去。

江南毅面前，出现一个巨大的空间，这里显然是防空洞改建而成。到处都是做物理实验用的设备，大大小小的，放得随处都是。有几个穿防护服的人正在不同的实验仪器前忙碌着。他们看到羽生白川，立刻停下来敬礼。

"羽生兄，这是什么地方？你的秘密小天地？"

"南毅兄，这是我和你未来的事业。"羽生白川说。

"事业？我听不懂。"江南毅说。

羽生白川解释说："早就应该带你来这个地方，怎奈星野太一不信任南毅兄，极力阻拦。他是来当督导的，领导着你我，我当时有顾虑，才拖了这么久。自从前两天发生娘姨那件事，以及你在审讯室的工作态度，让我彻底感到，自己是多么惭愧、多么卑微、多么不识好歹。南毅兄敢大义灭亲，我羽生白川就不敢用人不疑吗？后来，你找我发了那顿火，我就下定决心，不再受那个可恶的老头摆布。用你们中国的古话讲，南毅兄对帝国的忠心，天地可鉴！我从来就不应该怀疑你。南毅兄，请接受我最诚恳的道歉。"

羽生白川向江南毅深深鞠躬。

"羽生兄，言重了，言重了。这都是我分内之事。其实我一直也有愧疚的地方，上次金绍华的事，我就没做好，弄出来那么大动静，给七十六号和羽生兄丢人了。现在回想起来，幸亏结果还可以，否则我真是对不起羽生兄的知遇之恩呢！我们家娘姨通共的事，我更是无地自容。身边的亲人竟然是帝国的敌人，这是我完全没想到的。尽管我已多年未回家，但出了这样严重的情况，实在是我们家'老头子'管教不严。我作为主要的家庭成员，必须承担责任。那天是我脾气不太好，一时冲动，有些话说过头了，羽生兄万万不要往心里去。对于娘姨，我把话放在前面，一旦查实通共，该枪毙就枪毙，该判刑就判刑，我绝无二话。应该是我道歉。羽生兄，给你添麻烦了。对不起！"

他向羽生白川深深鞠躬。

羽生白川赶紧扶他起来。二人相视，哈哈大笑。

"天将降大任于斯人也，必先苦其心志，劳其筋骨，饿其体肤，空乏其身，行拂乱其所为，曾益其所不能。我从来不会看错人。我就知道南毅兄是最可靠的好朋友、好同学、好搭档。请你回来，真是一个正确的选择。"

"羽生兄过奖。对了，这里到底是什么地方呢？"

羽生白川指着满屋子的仪器和那些穿制服的人："南毅兄，你是核物理专家。这间屋子里正在进行的试验，你不会不清楚吧？"

江南毅在屋子里绕着大概看了看，故作惊讶："铀同位素分离。羽生兄，你们这是要……难道是……？"

羽生白川点点头："没错，南毅兄。这，才是我请你回来的真正原因。这个地方，才是你真正的用武之地。"

江南毅意识到，当初黄穆清给他看的那份文件，句句属实。日本人躲在这个不起眼的地方，悄无声息地研制原子炸弹。若非亲眼所见，是很难想到，在静谧安宁的大学校园里，竟藏着敌人的一个武器研究所。"大隐隐于市"这句话，羽生白川理解得不差。

"羽生兄临危受命，肩负重任，让南毅刮目相看，钦佩不已。不过，仅仅铀同位素分离是不够的，要研制成功这种杀伤力极大的武器，还需要大量的铀，否则是巧妇难为无米之炊。"

"南毅兄果然是行家，一针见血。铀的问题的确比较棘手，我们正在积极想办法解决。这间实验室里保存有少量的铀，不影响同位素分离的研究工作。南毅兄不妨先从这里着手。这间屋子的所有人，都是资深的物理学者，归你全权调遣。"

"承蒙羽生兄信任，我恭敬不如从命。"

江南毅知道，这就是"寿司"计划的一部分。羽生白川开始让他参与其中，并非由于彻底信任了他，而是任务进程需要加快，时不我待，不得不利用他的核物理知识。在娘姨这件事上，他的表现获得了加分，暂时骗过星野太一，得以前进了一小步。

江南毅想，羽生白川刚才道歉时虔诚恭敬和善的样子，真是太文雅了。文雅走到极端，就是野蛮，是不达目的誓不罢休的冷酷和决绝。这非常符合日本人的特点。

在早稻田时，江南毅专门研究过日本人的矛盾性格，还与美国的一位人类学家本尼迪克特探讨过这个问题。二人一致认为，日本人的身上，锋利温柔并存，交相辉映。日本人的平和与好斗、爱美与尚武、有礼与张狂、勇敢与怯懦、忠实与背信、开明与保守，都同时达到登峰造极的地步。本尼迪克特精辟地总结过这种特点：菊与刀集于一身。江南毅觉得，要战胜日本人，必须充分把握住他们身上"菊与刀"的特性，知己知彼，找到漏洞与突破口。

眼下，他就需要找到一处漏洞，救出娘姨。而要完成这个任务，仅他一人之力难以胜任，必须借力打力。

然而，"力"又在何处？

十四

乱世当中，人常常有好几重身份。每一种身份的背后，往往都是若干个不为人知的、迷雾重重的故事。听起来或许匪夷所思，但就是活生生地存在着。

江南毅有时不免恍惚，到底自己的哪一个身份才最真实？中共地下党、国民党军统上海站行动小组组长、七十六号特工总部总务处副处长、核物理学家、早稻田大学教授、江家二少爷、二哥，民族大义与小家亲情产生矛盾，舍家取义当仁不让，这是他从未动摇的信仰。然而，这一天真正到来之时，引发的心灵磨难远超预料。他必须承认，自己并非百炼成钢的圣贤，更不是无动于衷的冷血动物。为了完成任务，他不仅彻底背叛家庭，还虐待亲情，做着十恶不赦的事，还必须表现得理所当然。或许只有老于理解他。不，老于不理解，无法感同身受。季飞宇也不理解。没有人懂他，只有自己硬生生受着，就像动手术不打麻药，疼得撕心裂肺。

他得知要亲手抓娘姨那天起，就再也睡不着觉，依靠安眠药度日。从前，他并不知道何为恐惧，哪怕遇到再危险的任务，也从来没害怕过。这一次，他着实产生了惧怕的感觉。那是一种直灌进骨髓里的阴冷，走到哪里都看得见恶鬼的眼睛，听得见恶魔在寒风中低吟浅唱。他读过但丁的《神曲》，记得"炼狱篇"中有一段话是这样写的：

> 地狱的黑暗，狭小的天穹下，被浓云遮得要多么昏暗有多么昏暗的、无任何行星的夜晚的黑暗，在我眼前构成的面纱，都不像那里包围我们的烟构成的面纱那样厚，质料也不那样粗糙地刺激感官，使得眼睛不能睁着；因此，我的睿智的、可靠的向导靠近我，让我扶着他的肩膀。犹如盲人为了不迷路，也不撞上会使他受伤或许会使他丧命的东西，而跟在引路人背后行走，我就像那样穿过呛人的、污浊的空气向前走去，一面听着我的向导继续不断地说："注意不要离开我。"

他特别希望有一个向导，带领他走出刺眼的迷雾，净化混浊的空气。但他并没有这样幸运。他始终是孤独的。

审完娘姨的当晚，他一个人躲在房间里，使劲用头撞墙，撞得眼冒金星，全身麻木。随后，是深埋在噩梦里的痛苦，眼泪横流，像小姑娘一样。他不敢出声，不知窗户周围哪双眼睛正盯着。他所有的血都流进体内孤独的灵魂里，火一样暴怒，冰一样彻骨，冰火两重天。

救娘姨，江南毅并没有可靠的计划。面对星野太一的屡次试探，他全是防守，还未找到合适的进攻机会。当季飞宇告诉他，杜九皋计划帮忙营救娘姨并要暗杀羽生白川时，他着实吃了一惊。他惊讶于杜九皋竟会插手此事，更惊讶于季飞宇作为军统特工与青帮的密切关系。他未曾想到，季飞宇也藏了这么多的秘密。

季飞宇说："三年前，我就替杜九皋做事了。替他杀了不少人。这是上峰的指示，命我长期潜伏在杜九皋身边。干咱们军统这一行的，总是接到稀里糊涂的指令，到头来都不知道是在为谁工作。对了，杜九皋一个青帮老大，为什么要救你们家娘姨？"

江南毅轻描淡写地说："他与老头子曾经是师兄弟。"

季飞宇恍然大悟："原来如此。我虽是季鹤鸣的儿子，却完全不清楚这层关系。南毅，听说上官小姐与你早就认识，是这样吗？"

"那都是过去的事了。"

"你小子艳福真是不浅。秦苑梓、我妹妹，现在又冒出来一个上官小姐，你哪里来的那么大魅力？"

江南毅说："谈正经事。羽生白川不能杀。他要是死了，'寿司'计划的线就断了。"

季飞宇说："你放心，我心中有数。咱们的目的就是先救出娘姨。"

"具体计划是什么？"

季飞宇讲完杜九皋的计划后，江南毅说："嗯，风险虽然高，但也许是救人的唯一办法。飞宇，谢谢你告诉我这些。"

"兄弟客气了。你潜伏敌营，身不由己，看着娘姨受苦，心急如焚又不得不时刻戴着面具。你心里的苦，一般人承受不了。"

季飞宇带来的营救计划，如雪中送炭，为江南毅提供了一个撬动困境的支点。不管杜九皋出于什么目的，他只要肯出手，就欠他一份人情。江南毅心想，这人情他会还给杜九皋。

与季飞宇告别后，江南毅回到七十六号特工总部时，看到两名日本兵正围着一个人打。那人躺在地上，鼻青脸肿，嘴里一直在骂："江南毅，你缩头乌龟！你做了坏事不敢出来！有种你抓我啊！"

江南毅一听是江北流的声音，叫一声："やめなさいよ！"日本兵停手。他跑过去，要扶江北流。

浑身是伤的江北流见是他，使劲一甩手，坚决不让扶："滚开！"

江南毅说："你来这里干什么？"

"你还有脸问我？快放了娘姨！"

"你走吧。"

江北流说："你今天要不把娘姨放出来，我就跟你拼了!"

江南毅说："这是我的职责。你老大不小的人了，不要胡闹。回家去做该做的事。"

说完，他头也不回地朝里走去。江北流想冲过去，被持枪的日本兵拦住。

二楼一间办公室里，星野太一站在窗前，静静地看着这一切。

江北流大闹七十六号时，季鹤鸣正蹲在江家附近一个角落里，偷偷地听围墙里的动静。他听见江海霓在呜呜地哭，边哭边喊"二哥"。他听见二姨太在骂下人，边骂边带着"江南毅"三个字。他听见阿四叔长吁短叹，边叹边叫着"二少爷"。他还听见砸碎东西的声音，似乎来自江闻天的书房。

"死脑筋，不开窍。顽固不化害死人哪!"季鹤鸣悠悠地感叹道。

"季先生，躲在这里看人家的笑话，有意思吗?"一个温软的、熟悉的声音在耳边响起。

季鹤鸣回头一瞧，是上次在文华舞厅帮他解围的那位仙子，上官小姐。

"呦! 是您啊，什么暖风把您给吹来了?"

上官玉灵的嘴角微微上扬，笑着的眼睛里藏了一丝轻蔑："应该说，是什么风把您不明不白地吹到这里了?"

"唉，师兄家门不幸，出了大事，逆子兴风作浪，我难受，痛心，爱莫能助啊！思来想去，只能站在这里求菩萨保佑他们全家平安无事，度过灾难吧！"季鹤鸣闭上眼睛，双手合十，做出虔诚的样子。

上官玉灵忍不住想笑，这个老头太贼太滑，一肚子歪点子，还号称棋王？世上奇怪的人和事，太多。

"季先生，借一步讲话?"

当季鹤鸣从上官玉灵嘴里听到"百香果"三个字时，浑身打了一个寒噤。

百香果，是用一百种中药材特制而成的稀有中药，服用后十二小时之内，摸不到心跳、脉搏，呼吸中止，进入假死。此药乃当年鬼棋圣发明的独门秘术，关键时刻保命之用。当年，他收江闻天、杜九皋、季鹤鸣三人为徒，去世前这秘术的配方只传给了季鹤鸣。

季鹤鸣心想，这漂亮女人定是杜九皋派来的，狮子大开口，跟他索要神药配方。除了杜九皋，还能有谁知道药在他手里？杜九皋这个人，真不够意思，作为二师兄，发达了从来不说接济自己，不仅避而不见，还派打手来揍。现在又不知道装着什么幺蛾子，觊觎上师父单传给他的神药配方。

季鹤鸣坚决否认："什么'百香果'？我不晓得啊！"

上官玉灵似乎早料到他来这一手，从手袋里掏出两根大黄鱼："季先生，您借配方一用，不会亏待您。"

季鹤鸣眼睛亮了一下，随即滴溜溜一转，心里有了数："仙子啊，你这就小瞧我了。我是那样的人吗？先贤孟子说过：'富贵不能淫，贫贱不能移，威武不能屈，此之谓大丈夫'！我是大丈夫，懂不？"

他转身欲走，却迟迟不迈开脚步。

"再加一根。"上官玉灵看出他的贪婪。

季鹤鸣意识到千载难逢的大好机会来了。这次定要狠狠敲一笔才成："我做人一向有原则，不为五斗米折腰。你一点诚意都没有，你我还是就此拜拜吧！"

上官玉灵冷笑一声，将季鹤鸣一军："既然季先生品行高洁，一尘不染，那我还真是找错人了。不麻烦您了，再会！"

她把大黄鱼放回手提包，款款向前走去。

季鹤鸣瞧着她走出去几米，丝毫没有回心转意的样子，沉不住气，急了："也不是不可以商量！杜爷的事，也算我季某人的事！但提前说好啊，配方不能给，配好给成药！"

上官玉灵笑了。贪心不足蛇吞象，季鹤鸣真是不折不扣的跳梁小丑，都说他与杜九皋、江闻天是同一个师父教出来的，怎么差距如此之大？唉，他这样的人，竟生出那样一个懂事的女儿季铅侬，真是造化弄人！

季铅侬是个苦命的孩子，她生来似乎就是受苦的。不论工作还是家庭，她都付出太多，却回报甚微。

大华电影院是她工作的地方。此处原名夏令配克影戏院，位于南京西路七百四十二号，是上海中心城区最早的电影院，也是远东第一家有声影院，于一九一四年九月八日开业，有一千余个座位。它是第一座首映国产片的电影院。一九二一年七月一日，由中国影戏研究社摄制的故事片《阎瑞生》首映，连映一周。第二年元月，国产爱情影片《海誓》首映。同年五月十日，国产侦探片《红粉骷髅》首映。一九三七年"八一三"事变后，该影院曾变为难民收容所。一九三九年十二月十日，重新装修后，以"大华"为名开张。

季铅依在这家影院工作已三年有余，主要做放映影片以及一些杂七杂八的工作。她特别能吃苦，不怕脏不怕累，颇得老板赏识。每月的薪水，她存一半，花一半，主要是用于家里的日常开销以及给父亲买营养品。老爹虽然在外偷鸡摸狗，臭名远扬，她却不能不自立自强、自尊自爱，为了不让别人小看自己，更为了让泉下有知的娘欣慰。

她放电影时，常常能在观众席上看见一个人——秦苑梓。这位情报处处长每次来的时候，都喜欢坐在后排最靠边的角落里，从来没有从头至尾看完一部影片，多是中途匆匆离去。有几次，她还带着一个男人。只可惜男的戴着墨镜，帽檐压得很低，看不清脸。这不，今天她和那个男人又来了。

两个人仍然坐在最后一排。黑暗中，电影开始了，是一部名为《飞行将军》的有声影片。观众并不是太多，三三两两四处散坐着。

男人开口了，竟是上官玉灵的声音。不得不说，她的化装术很是高明。

"百香果拿到了。季鹤鸣不敢骗我，不会错。"上官玉灵递给秦苑梓一个纸包。

秦苑梓接过药，放进兜里："嗯。这件事交给我。"

"江南毅那边，你想好怎么办了吗？"上官玉灵说。

"他是很痛苦的。能感受得到，他身不由己。现在最需要防备的人，其实是星野太一。"秦苑梓说。

"杜爷说了，只要这件事你办利索，他负责帮你拿下江南毅。都是女人，我理解你。"上官玉灵说。

秦苑梓沉默。

上官玉灵补充说："我与他过去很熟，但不是你想的那样。我承认，我喜欢过他，欣赏他，但我现在有了男人。我跟他不可能的。他还是你的。"

良久的沉默后，秦苑梓说："谢谢。"

二人的对话，被躲在前排椅子下面的季铅依听得一清二楚。

季铅依感到震惊。三年来，频繁与秦苑梓见面的男人竟然是女扮男装的文华舞厅老板上官玉灵。为什么要假扮男人？有什么不可告人的目的？秦苑梓不是替日本人做事的汉奸吗？她与上官玉灵缘何会有交集？难道上官玉灵也是汉奸？

更令人困惑的，是刚才对话里提到的两个人，季鹤鸣和江南毅。季铅依以前无意中听季鹤鸣提起过"百香果"的名字，但不晓得什么含义。她爹怎么又会牵扯进来？

她最关心的，还是江南毅。她意识到江南毅有危险，她不晓得杜爷是做什么的，但听上去不像好人。秦苑梓明显想请杜九皋对付南毅哥，她不能坐视不理。必须通知南毅哥，让他小心。事不宜迟！

季铅依听着秦苑梓和上官玉灵一前一后离开电影院，心想有句古话真是没说错：女人心，海底针。同样作为女人，她深深地感到悲哀。

十五

秦苑梓万万想不到，她会与江南毅再次单独相处，但并未感到紧张，她原以为早已失去了这样的能力。之所以相遇，是她在回家的路上，突遭抗日锄奸队的刺杀，江南毅英雄救美。

锄奸队盯秦苑梓不是一天两天了，这个女人在上海是出了名的杀人如麻，死在她手底下的抗日分子不计其数。很多人早就欲除之而后快。不过，碍于她行事像训练有素的男人一般谨慎，思考判断问题的严密程度堪比数学家，故而多次伏击都没有得手，每回都差那么一点点。锄奸队专门为此做过详尽的分析，通过各种渠道多方获取有关秦苑梓的一切资料，试图摸清楚这个女人的过往经历，以此分析出她的性格特征、喜好习惯、品位兴趣、人际关系等等，从而挖掘其内心世界，摸清心理活动规律。对于锄奸队而言，尽管这一切做起来都比较艰难，相关情报的取得极为不易，但他们还是找到了一些有用的内容。他们发现秦苑梓最近一段时间对外界的警惕性有所放松，不再那么敏感警觉，单独出门的次数也比以往多了。一开始，他们以为是秦苑梓为消灭锄奸队故意设下的圈套，未敢轻举妄动，后来经过一些新的情报汇总，他们改变了原本的观点。

锄奸队发现，秦苑梓在德国期间曾经谈过一场刻骨铭心的恋爱，恋爱对象是她的一个同学，国籍姓名年龄不详。后来二人分手后，秦苑梓的人生轨迹发生剧变，她从此像变了一个人，足足消失了两年。再次出现时，就已经成了日本人的帮凶。锄奸队里有一个负责人也曾经留学德国，他辗转打听到羽生白川曾与秦苑梓同窗三年，并深深地爱慕着她。再结合其他种种迹象，他们据此推断，认为羽生白川就是秦苑梓在德国时的恋人，后来秦苑梓遭到抛弃，如今二人又变为同事，或许是旧情复燃，也或许是旧事难忘，还有可能是又添新恨，总而言之，秦苑梓的情绪近期有了很大波动，犯了特工的大忌。又经过多次缜密侦察，锄奸队最终认定，此时是除掉秦苑梓的最佳时机。不过，秦苑梓尽管失去了一部分警觉性，但活动的规律还是很不固定，行踪难以准确摸清，这导致锄奸队无法采取惯常的守株待兔之策。然而，时机不等人，秦苑梓目前的状态依旧是千载难逢的，必须抓住这次机会。最终，锄奸队决定，改变以往的静态埋伏策略，变成动态的跟踪突袭计划，在运动过程中击杀秦苑梓。

他们选择动手的日子，正是秦苑梓与上官玉灵交接百香果的时点。当她们先后离开大华电影院，秦苑梓独自一人拐入一条深巷时，一直尾随的七名锄奸队队员出击了。他们端着大枪小枪，从不远处快速地跑过来，朝秦苑梓射击，显然是要坚决置她于死地。进入巷子的一刹那，秦苑梓就察觉出危险正向她靠近，手下意识地摸向腰间。她毕竟是训练有素的特工，枪声响起的瞬间，迅速拔枪回击，当真做到了迅雷不及掩耳。两名锄奸队队员眉心中弹，登时毙命。另外五人边打边躲，步步紧逼。这条巷子民房多、死角多，秦苑梓很快被逼进一个旮旯里。又一人眉心中弹，但秦苑梓胳膊中枪，子弹也打光了。四名队员眼中喷着怒火，如敢死队一般，一步一步朝那个旮旯里靠近。秦苑梓眼见无力回天，眼睛一闭，心想今天竟要命丧于这帮宵小手中，实在可悲。

这时，耳边响起了来自另一个方向的枪声，她睁开眼，看到一人中弹倒地，另外三人的关注焦点从她的身上离开，转移到东南方向。不一会儿，三人纷纷中枪而亡。一个人逐渐出现在秦苑梓的视线里，慢慢走近，分明是江南毅。

江南毅收起枪，走到秦苑梓身边，并不看她，而是从口袋里取出一条手绢，熟练麻利地给她包扎伤口。秦苑梓怔怔地盯着他的一举一动，早就顾不上疼痛，眼睛里不由自主地漫起了泪水，瞬间失语，只是目不转睛地看着这个男人。

一时间，秦苑梓的脑中全是过去与江南毅相处的画面，当年美好的场景一股脑儿地涌上来，令她几乎窒息得快喘不过气来。她顺理成章地产生了错觉，似乎又回到德国留学的时候，又回到与江南毅花前月下的甜蜜时光，又回到那些单纯美好的岁月。她只希望久久地住在这些记忆里，再也不返回残酷悲伤的现实。

江南毅简单包扎好之后，依旧不直视秦苑梓的眼睛，轻轻地说了句："我送你去医院。"随后，他一边警觉地环顾周围，一边扶着秦苑梓走往路边。那里停着他的车。

秦苑梓脚下如踩到棉花，走起来软绵绵的。这并非她失血造成的虚弱使然，而来自于内心的不知所措、受宠若惊、欢欣愉悦。她茫然地上了江南毅的车，茫然地跟着他来到日本陆军医院，茫然地任由大夫折腾受伤的胳膊，丝毫感觉不到疼痛。此时的她，基本上失去了特工该有的判断力、分析与解决问题的能力，尤其是心如铁石的能力。之前对江南毅那些所谓的恨，全都消失得无影无踪。江南毅在她生死攸关的时候，在她最需要帮助的一刻，毫无意外毫无悬念地出现，满足和弥补了她一切虚幻的想象甚至是憧憬，简直是完美无缺。女人的第六感告诉她，江南毅实际上一直都爱着自己，他之所以表现冷漠，一定有不为人知的、无法明说的难言之隐。他定是隐藏了极大的苦衷，而她却一而再再而三地刁难他。他回到上海以后，从未就之前德国的事情做过任何解释，从未说过为什么当初无缘无故地消失，致使她一度以为他爱上了别的女人，甚至去百乐门窃听他与上官玉灵的对话。她以为他变成了一名罪大恶极的负心汉、一个四处留情的花花公子、一只忘掉旧情的冷血动物。她有时候甚至想与他同归于尽。她几乎就要这样去做了。

而今天，他所做的一切，颠覆了之前所有的假设。从救她的那一刻起，她就从那麻利熟练的动作里，感受到熟悉的关切与温暖，感受到一心一意的专情。医生包扎完毕，江南毅驾车送她回家。一路上，她目不转睛地看着后视镜，镜子里住着江南毅的眼睛。她多希望江南毅也看一眼镜子，与她四目相对，她要从那双迷人的眸子里，再次验证和确认她的猜测。可江南毅偏偏不给她机会，全程目不斜视，似乎是专心致志地开车。有好几次，她的话就在嘴边，几乎就要决堤，最终还是在沉默中强忍住了。到了家门口，她坐在后座上不动，她仍然在期待江南毅的表达。江南毅终于瞄了一眼后视镜，说："到了。"她极其敏感地捕捉到那个瞬间，目光迅速向后视镜射去，但还是晚了一步，那双眼睛已然离开了。她颇为沮丧地下车，走到家门口，停住脚步。她听见汽车发动的声音，再也忍不住了，猛然转身说："你是不是还爱着我？"汽车却已远去，留下一串感伤的白烟。她大喊起来：

"江南毅！你到底爱不爱我！"

回答她的，只有难解的沉默。

秦苑梓蹲在地上，抱住双臂，如孩童一般，呜呜呜地哭起来。她伤心极了。

江南毅开着车，泪水模糊了双眼。方才，他真切地听到了秦苑梓的问询，听见她的呼喊与哭泣，但他没有做出任何回应，哪怕回一下头。理智告诉他，如果秦苑梓是真心替日本人卖命，那他就不能再与她存在任何的感情瓜葛。他多么希望秦苑梓也是一位潜伏者，哪怕是来自军统，但秦苑梓对待反日分子的种种手段，那狠辣那狠毒，实在是不像一位肩负重任的卧底。当然，不乏有些潜伏人员为获取敌人的信任，故意做出一些极端行为，但倘若严重超出底线，就不能不令人怀疑了。江南毅相信自己的判断，秦苑梓并不是他的同盟者。他不能再次对她动情，那样的行为无异于背叛自己的信仰。

然而，感性的非凡力量常常超过貌似强大的理智，很有可能从微小的、很不起眼的孔隙突破，打碎人类自以为坚不可摧的铜墙铁壁。江南毅的灵魂再强大，也有疲惫的时候，他的肉体就会乘虚而入，在他浸泡过的爱情多瑙河里，再次撒下一粒爱情的种子，迅速生根发芽，枝蔓丛生，遍布全身每一个毛孔，令他的情绪站在爱恋的大门口左右摇摆，让他陷入一个怪圈。在那个怪圈里，他渴望找回甜蜜的记忆，期待与女友重归于好，希望那些不切实际的梦都会成真。每当遇到这样的时刻，他感到最痛苦、最难受，甚至生不如死。原来，他以为只有失去亲人、遭遇酷刑时才会产生这样的痛楚，如今却发现，面对挚爱之人却无法去爱，同样可以让一个人挣扎在死亡的边缘，与死神惺惺相惜。

十六

"权谋"一词，"权"在前，"谋"在后，用权者施谋，无权者寻谋，以权谋私，以谋利权。这是星野太一的执念，更是江南毅遵循的攻守之道。

当星野太一得知娘姨死在审讯室的消息时，以最快的速度赶了过来。

据了解，江南毅今日身体不适告假，请羽生白川找人替他继续提审娘姨。羽生白川派秦苑梓过去。刚审了几句，娘姨突然口吐白沫四肢抽搐，几分钟之内很快失去呼吸，脉搏心跳随即也难以摸到。秦苑梓赶紧找来医生，却回天乏术。医生检查完，说犯人有心脏病史，身体底子差，加上用了刑，情绪低落，故而突发心肌梗塞。星野太一仔细察看娘姨的尸身，面露怀疑，心有不甘，却没有发现什么疑点，只好命人请江南毅过来。

江南毅来了之后，见星野太一、羽生白川和秦苑梓站在娘姨的尸首旁。星野太一面带愧疚地讲了好些自责的话，说都怪自己疑心太重，看样子娘姨与共产党也没有什么牵连，本想着过两天就释放，未承想竟出这样的事，实在是他作为督导的失职。他向江南毅深鞠一躬。江南毅的表现出乎所有人预料。他怔怔地看着娘姨的尸首，突然像一头失控的狮子，狠命踹了星野太一一个跟头，又拼命一拳打过去，击碎了星野太一的眼镜。

"我要你偿命！"江南毅掏出手枪，指着星野太一，怒吼。

"南毅君！"羽生白川大叫。

血从星野太一的眼睛周围流下来。他从地上站起来，拍拍身上的尘土，看着黑洞洞的枪口，平静地说："江先生，你打得对。我的确该打。娘姨下葬的费用，我出。过几天，我会亲自登门向江闻天先生谢罪。"

从这一刻起，星野太一感觉找到了江南毅的软肋。正是江南毅刚刚愤怒的表现，让他觉得这个人有脆弱的一面。他特意去调查过，知道娘姨一九二七年救过一位疑似共产党的人，之后再没发现与其有何关联。中日战争爆发后，也没有发现她与抗日分子存在勾连。但他故意无中生有、小题大做，意在观察江南毅在极端困境下的反应。他坚信，一个人面临极端困境时瞬间的言行，才是最真实、剥去伪装的状态。娘姨之死，的确在他的计划之外，但他借此额外收获了江南毅的真实内心。江南毅若是肩扛重大任务使命、潜伏在七十六号的间谍，一言一行必然非常谨慎，不可能冲动地做出殴打上级的蠢事，更不会找羽生白川告状，这不是一名训练有素的特工应有的行为。从人性来讲，江南毅是一个容易受感情左右的人。他的表现，更像大学教授的书生意气，是普通人遭遇怀疑和不法待遇之后情绪的天然流露。

星野太一摸摸腹部的鞋印，觉得这顿打挨得值，打出一位效忠帝国的得力干将，打出一位大大有利于推进"寿司"计划的股肱之臣。

江南毅的这一闹，成功地转移了星野太一的注意力，误导了他的判断。发难星野太一，大打出手，是江南毅经过深思熟虑之后做出的选择。他往日本发电报，请黄穆清想方设法找到有关星野太一的一切资料，包括阅历、爱好、生活习惯、社会关系等等，深入分析研究，尽最大限度摸清星野太一的性格特征。他发现星野太一深谙中国文化，经史子集无所不读，为人极其多疑，身上颇有些三国时期曹阿瞒的风格。江南毅熟读中国古代兵书，觉得对付星野太一这样的人，需反其道而行之。他记得《六韬》中谈到古代行军打仗时，战车有"十死之地"：

往而无以还者，车之死地也；越绝险阻，乘敌远行者，车之竭地也；前易后险者，车之困地也；陷之险阻而难出者，车之绝地也；圮下渐泽、黑土

黏埴者，车之劳地也；左险右易，上陵仰阪者，车
之逆地也；殷草横亩，犯历深泽者，车之拂地也；
车少地易，与步不敌者，车之败地也；后有沟渎，
左有深水，右有峻阪者，车之坏地也；日夜霖雨，
旬日不止，道路溃陷，前不能进，后不能解者，车
之陷地也。此十者，车之死地也。

这十类地形，都是战车的死地。而江南毅就是要利用这
段兵法展现的原理，举一反三，触类旁通，故意制造出人生
的绝境，引着星野太一走进去，置之死地而后生。

这盘大棋，江南毅终于占据一步先机。

当天下午，江南毅去棺材铺，买上一副上好的棺木，然
后轻轻抱起娘姨的尸首，放进棺木后，运上一辆卡车，驱车
前往静安寺。

"娘姨生前信佛，我要请高僧做法事，再入殓。"江南毅
对羽生白川说。

羽生白川觉得很对不起江南毅，坚持亲自陪着一起去静
安寺。静安寺方丈是江闻天的故交，专门腾出一座偏殿，存
放装有娘姨的棺材。第二天中午，方丈穿戴整齐，身披袈
裟，亲自诵经念佛，超度亡灵前往极乐世界。星野太一、江
南毅、羽生白川、秦苑梓全程参加。法事做了足足三天，之
后江南毅护送灵柩，前往娘姨老家昆山安葬。

几天之后，星野太一在羽生白川陪同下，再次登门，向江南毅致歉。江南毅披麻戴孝，坐于房中，也不起身，冷冷地不答话。

星野太一说："江先生，所谓不打不相识。我承认，之前下令逮捕您家娘姨，是我推波助澜的。羽生君不过是在执行我的命令。"

"你以为你不说，我就不会知道吗？"江南毅说。

"江先生智慧过人，这等事自然瞒不过您的眼睛。不过，您家娘姨由此过世，实在不是我想要的结果。我并非大奸大恶之人，我判断事情的出发点，是基于自己国家的利益，对您个人，绝对没有任何成见。请您千万不要误会。"

羽生白川说："南毅君，在来的路上，星野先生跟我讲过，他之前的确对你是有些误会，有些事情你可能没有办法接受。之前，我也是不太理解，但他讲完以后，我懂了。星野先生完全是出于对'寿司'计划安全的考虑，没有掺杂任何私心。你们中国人都讲'面子'，我知道，这件事让你很没有面子。而且我也知道，人死不能复生，请你节哀。你的娘姨不会白死，她是帝国的朋友，我们不会忘记她。我专门批了一笔款，作为慰问费，请你务必收下。"

他把一包东西轻轻推到江南毅面前，是六根黄鱼。

"你们这是做什么？也太小看我江南毅了！何况，那是一条人命，岂能用金钱衡量？"江南毅佯怒。

"江先生，我们不是这个意思。不过就是想用这样的方式弥补您，那样我们心里会好受一点。当然，我知道在中国的文化里，生命重于天，不是那些肮脏的铜臭可以相提并论的。尽管我们两国的文化不同，但我也失去过亲人，深深知道您的痛苦，请再次接受我最诚挚的道歉。"星野太一深深低下脑袋，埋在跪着的两腿之间。

羽生白川做出同样的举动。

"唉，算了。我知道，你们都是职责所在，不得已而为之。我之前从来没有在这样的地方工作过，每天只是教室、实验室、家三点一线，过着与世无争的大学生活，思想早已变得理想化简单化了。这次蒙羽生兄赏识，能回到家乡工作，我既兴奋也惶恐。我渴望迎接挑战，也怕能力不足误事。因此，每走一步都是如履薄冰，小心翼翼。我与父亲的关系不好，想必你们也有所耳闻。我至今都没有回家住。娘姨是唯一与我没有隔阂的亲人，而偏偏就在她身上出了事，实在一时难以接受，才产生那样严重的过激反应。星野先生，对于这一点，我万分抱歉。我以下犯上，殴打上级，胆大妄为，实在罪大恶极。按照你们日本的做法，我应该剖腹谢罪。"江南毅猛然从怀里抽出一把日式短刀，拔掉刀鞘，就要往腹部扎去。

羽生白川眼疾手快，一把抢过短刀，扔得远远的，痛心疾首："南毅君！你这是要让我成为帝国的罪人哪！"

这一手，更让星野太一感到江南毅身上浓郁的书呆子气。这个江家的二少爷，不愧为从小娇生惯养的公子，遇到点委屈就寻死觅活的，还想学武士道精神？刀柄都拿反了！幼稚！星野太一不禁觉得有些好笑，他更加相信江南毅不过就是只懂学术的教书先生，"间谍"一词与之无缘。

他放心了。

这一手，更让羽生白川看到江南毅的另一面。这位同窗还有如此刚烈的表现，不管他是表演还是当真，勇气和胆识令人佩服。羽生白川不得不承认，他遇到相似的情形，做不到江南毅这样决绝。

"江先生，您看这样如何？请到我那里，下一盘围棋。咱们以棋消仇，以棋解怨。"星野太一说。

这盘棋，江南毅与星野太一下了整整三天三夜。

江南毅有些奇怪，星野太一布局的一招一式，与父亲江闻天的路数相似，但又有很大差异。这个日本老头落子凌厉，处处是杀气，以攻为守，丝毫不给对手喘息余地。每一步棋，都留下若干后手，足见其深厚的功力。

星野太一以一目半的优势赢了江南毅。

"星野先生棋力惊人，内功深湛。我技不如人，输得心服口服。"江南毅说。

"江先生过谦了。你遇事心情受到影响，仅输我一目半，已经算顶尖高手。与你对弈，可用杨万里的一首诗形容：霁天欲晓未明间，满目奇峰总可观。却有一峰忽然长，方知不动是真山。"星野太一赞叹道。

江南毅说："那我也用辛弃疾的一首诗表达这盘棋：三峰一一青如削，卓立千寻不可干。正直相扶无倚傍，撑持天地与人看。"

星野太一哈哈大笑："江先生才华横溢，真是痛快！痛快！"

"星野先生师承何处？"

"说来惭愧。我与令尊同出一门，说起来，算是你的师叔。"

江南毅面带诧异："哦？难道您也是鬼棋圣的弟子？我真是有眼不识泰山。"

星野太一点点头："是的。鬼棋圣当年收过四名弟子，令尊、季鹤鸣、杜九皋，另外一个就是在下。唉，可惜师父过世有些早，实在是十分遗憾啊！"

江南毅疑窦丛生。从小到大，父亲只跟他们兄妹说起过季鹤鸣与杜九皋，从未听说鬼棋圣还收过日本徒弟。星野太一口口声声地说鬼棋圣是他师父，真假难辨。但他下棋的路数，确与父亲十分相像。倘若此人所言非虚，那他必然知晓天籁棋局。

"江先生知道天籁棋局吗？"星野太一突然发问。

江南毅一凛，顿时感到这人的可怖，竟然一句戳中他的心思："当然。懂围棋的人，有谁不知道这个举世闻名的传说呢？不过，仅仅是一个传说吧？"

星野太一步步紧逼："传说，往往是真的。江先生，不知令尊是否给你讲过这个传说的故事？"

"我小的时候，好像提起过。我记得他说，这个传说不可信，所谓的宝藏是臆想出来的。"

星野太一的眼睛里闪过一丝阴冷："此言差矣。令尊也许是出于某种顾虑，未告诉你实情。这个传说的内容，句句为真。宝藏是真实存在的。"

紧接着，星野太一谈到"寿司"计划，谈到菊花之死，内容与江南毅在日本看到的那份文件几乎一致。星野太一希望江南毅可以帮助他，利用天籁棋局找到铀矿位置的地图。他说玉绒棋盘和青目棋子不需江南毅操心，他自有办法。唯一需要江南毅帮忙的，是走通天籁棋局。

"传说只提到棋盘棋子，但忽略了最关键的一点信息，那就是必须了解残局走通的方法，然后结合青目和玉绒，才能找到开启宝藏的钥匙。世间只有我师父鬼棋圣知晓走通之法，他在世时，只传给一个人，那就是令尊。"星野太一说。

江南毅明白，星野太一要利用自己与江闻天的父子关系。他直言与江闻天关系很差，星野太一说他知道此事，但骨肉情浓于水，他会帮助江南毅重建父子亲情。

"我尽力而为。"江南毅说。

十七

老于亲眼见到"死而复生"的娘姨时，不由得感叹世上还有"百香果"这样的灵丹妙药。

他站在二楼的窗前，看着三名地下党员带娘姨上了车，前往一处安全的地点暂时躲藏，脑海中想起深夜带人去静安寺救娘姨的情景。那是静安寺方丈为娘姨做法事的前一天晚上。万籁俱寂，寺里的僧人都睡去了。按照江南毅提供的地图，老于很快找到那座偏殿。他和两个人打着手电，小心翼翼地来到棺材前。棺材盖的四周，事先打过几个小孔，很隐蔽，不仔细看察觉不到，这是为确保躺在里面的娘姨不发生窒息。老于和两个人蹑手蹑脚地挪开棺材盖，抬娘姨出来，再从身上取下一个大背包，把里面的石头放进棺材，再合上盖。娘姨体重九十斤，他们三人总共背了接近同样重量的石头。江南毅说，人死后体重会变轻二十一克，是灵魂的重量。为万无一失，他让老于来之前精确地称量过石头。

娘姨被带离静安寺，不久就苏醒过来。据她描述，当天上午，她吃了狱卒送过来的饭菜，感到头晕，之后就睡着了。老于记得江南毅说过，这次救援行动，有人里应外合。

江南毅没有告诉老于，当他们挪动棺材盖救娘姨时，不远处的制高点上，季飞宇正透过狙击步枪的瞄准镜，全神贯注地盯着这一切。万一在行动过程中，老于他们被日本人发现或者遇到其他危急情况，季飞宇会果断出手，为老于等人扫清障碍。季飞宇不清楚老于的身份，他只知道是江南毅的人。他信任江南毅，同样相信他的朋友。

江南毅和季飞宇都想知道，"百香果"到底是谁放进娘姨的饭菜里的？到底谁是七十六号的那个内应？但杜九皋没有告诉季飞宇，上官玉灵也未透露，江南毅自然无从得知。他要是知道那个人就是秦苑梓，而且是杜九皋承诺以"帮她赢回江南毅的爱"作为回报，不知会作何感想。

秦苑梓在德国时，读过一封信，是一位闻名世界的物理学家阿尔伯特·爱因斯坦写给妻子的。信中这样讲道：

　　有一种无穷无尽的能量源。迄今为止，科学都没有对此找到合理的解释。这是一种生命力，包含并统领所有其他的一切。而且在任何宇宙的运行现象出现之后，还没有被我们定义。这种生命力叫"爱"。

当科学家们苦苦寻找一个未定义的宇宙统一理论的时候，他们已经忘了大部分充满力量的无形之力。爱是光，爱能够启示那些给予并得到它的人。爱是地心引力，因为爱能让人们互相吸引。爱是能量，爱产生我们最好的东西，而且爱允许人类不用去消除看不见的自私。爱能掩盖，爱能揭露。由于爱，我们才活着；由于爱，我们死去。爱是上帝，上帝就是爱。

这个驱动力解释着一切，让我们的生命充满意义。这是一个我们已忽略太久的变量，也许因为我们害怕爱。这是宇宙中唯一的、人类还无法随意驾驭的能量。

为了让爱能够清晰可见，我用最著名的一个方程式做了简单的替代法。如果不是 $E=mc^2$，我们接受治愈世界的能量，可通过爱乘以光速的平方来获得，我们就得出一个结论：爱是最强大的力量，因为爱没有限制。

在人类无法运用和控制宇宙中那些与我们作对的能量之后，我们迫不及待地需要另一种能量来滋养我们。

如果我们想要自己的物种得以存活，如果我们想要发现生命的意义，如果我们想拯救这个世界和每一个居住在世界上的生灵，爱是唯一的答案。

也许我们还没有准备好制造一个爱的炸弹，也没有准备好一个能量满满的装备，用来彻底摧毁能够导致地球毁灭的仇恨、自私和贪婪。

然而，每一个独立的个体都带着很细微的，但有待释放强大的爱的发电机！

当我们学会给予和接受这种宇宙能量的时候，我们就得承认爱能降伏一切，爱超越每一个存在和任何存在。因为，爱就是生命的精髓。

秦苑梓特别认同信中说的"爱"。她对江南毅的爱就是这样的，纯洁、干净、无私。但江南毅却不给她同样的回报。她每痛一回，就越发渴望得到他的爱。为了这份爱，她近乎失去理智，失去人生坐标。在百乐门，她亲耳听到上官玉灵与江南毅的对话，觉得这世界简直太疯狂了！一位是她深爱的恋人，一位是与她传递多年情报的搭档，竟还有过一段情！尽管影院里上官玉灵跟她解释了，但她依旧无法释怀。这段事实，让她更加坚定必须占有江南毅的决心。

这几年，她为青帮提供了不少七十六号的情报，每次都是由上官玉灵转交杜九皋。她不知道杜九皋拿这些情报做什么用，反正杜九皋并没有亏待过她，回馈了不少钱物。女扮男装是上官玉灵提议的，说那样安全。接触多了，她发现上官玉灵这个女人不简单，别看是个交际花，心思却特别缜密，有时候思考问题比她这个训练有素的情报处处长还周全。若非江南毅这件事，她甚至都要视上官玉灵为好姐妹了。

不过，前几日，她与上官玉灵被人跟踪了。跟踪者是大华电影院的一位女职员，好像叫季铅依，有些面熟。她早就察觉到这个女职员不对劲，每次去影院，都发现她爱观察自己。昨天她专门找人去调查，原来是棋王季鹤鸣的女儿，还是江南毅的青梅竹马。估计这女人也是喜欢江南毅的。她发现又多了一个情敌。

秦苑梓忍不住想笑。她的这场感情仗，有些像第二次世界大战，多头参与，纠缠不清，乱如麻线，很容易两败俱伤。

然而，有些事、有些人，早已超出她的控制，即将香消玉殒。如果她对季铅依的追踪可以再深入一些，或许能避免本不应降临的黑暗。

在兆丰公园里那座独特的"植物标本园"畅游，抚摸着那一棵棵漂亮的银杏、香樟、水杉、雪松，颇令人心旷神怡。心情好坏，直接影响对生命的体悟。此时的季铅依情绪大好，尽管久病之体仍有不适，但一想到马上就能看见江南毅，登时忘记一切病痛之苦。

兆丰公园是一座有故事的公园，乃一九一四年英国人兆丰在沪时所建，是上海最负盛名的公园。公园以英国式自然造园风格为主，辅以中国传统园林、日本式园林、植物园观赏区等多种风格于一体的园林景观，中西合璧，意境独特。季铅依记得，小时候与江家兄妹常常来这里玩猜谜游戏，迟迟不肯回家，直至日落弥漫金黄橘，天边泛起透亮星。她喜欢当江南毅的跟屁虫，他玩什么她就玩什么，他去哪里她就去哪里，如影随形，如梦似幻。她最爱听江南毅叫"可爱的铅依妹妹"，那一瞬间，心都化了。"铅依"，取"洗尽铅华"之意，当真人如其名。若非家境贫寒，缺衣少穿，面黄肌瘦的气色掩盖住姣好雅致的底子，否则凭她的颜值，就是上官玉灵也自惭三分。

不过，今天她真心漂亮。出门之前，她特意取出精心珍藏的丹祺唇膏，仔细地轻涂着嘴唇。这是她经过多年省吃俭用，好不容易攒到五块钱，去柜台千挑万选的。这来之不易的唇膏，就是专为见江南毅准备的。江南毅未回上海之前，她曾伤心地以为这辈子再也用不上这支唇膏。

她是昨天上班时，收到江南毅寄来的一封信，约她第二天晚上八点去兆丰公园一见，信中尽叙思念之情，读得她脸红心跳，简直喘不过气来。这是江南毅成年后第一次给她写信，但那笔迹她是非常熟悉的。她没想到江南毅是这么有情调的一个人，以前可是没看出来呢！她的心如小鹿乱撞，浑身觉得轻松极了。她在家里挑了又挑，总觉得找不到一件心仪的衣裳，最后一咬牙，找出两件母亲过去的首饰，跑到一家当铺当掉，然后去南京西路上的服饰店，租了一件红色的旗袍外加一双高跟鞋。她要把最好最靓丽的一面呈现给心上人。

到了约定的时间，她远远地看见对面来了一个人。那身形，很像江南毅。

她满心欢喜地迎上去。

第二天一早，季鹤鸣从睡梦中醒来。他坐起身，揉揉惺忪的睡眼，发现仅他一人在家。季飞宇一向不怎么着家，可季铅依到哪里去了？现在不是她的上班时间。按照往常惯例，她应该正在做早餐。

季鹤鸣下了床，屋前屋后喊了几声，无人应。正纳闷间，有人叩门。

敲门的，是两名身穿制服的警察。其中一位年纪比较大，像是探长。

"是季鹤鸣先生吗？请问，季铅依是您的女儿吗？"

几分钟以后，季鹤鸣脸色惨白、浑身颤抖地跟着探长上车，前往兆丰公园。从探长的嘴里，他得知季铅依昨晚遇害了。

季铅依一身红色旗袍，安静地躺在一棵银杏树下，仿佛睡着一般。她全身上下只有脑门正中央的一处伤口。凶器打入眉心，直穿后脑，用放大镜仔细看，可略窥其形：偏圆形，边界均匀、光滑，像是中国古代的暗器。

季鹤鸣望着女儿的遗容，忽然爆发出歇斯底里的叫声：

"女儿，我的女儿啊，是老爹害了你啊！"

他趴在尸体上，死死抱住，号啕大哭。

"探长，这案子我们特高课接管了。"

传来羽生白川的声音。他不知从哪里得到消息，第一时间赶了过来。

那探长尽管很不情愿，嚷嚷说这是在法租界发生的命案，该由他管。但羽生白川口气强硬，不容置疑，说他会直接与法国领事交涉。探长无奈，只好带着人离开。

羽生白川用放大镜观察季铅依额头上的致命伤，与当初菊花的伤口如出一辙，显然是出自同一人之手。

"这个凶手的身手非同一般啊。"星野太一不知道何时站在他的身边。

"他杀菊花或许是为铀矿地图，杀季铅依是为什么？"羽生白川说。

星野太一说："她是季鹤鸣的女儿。"

"季鹤鸣的女儿？那又能说明什么？"羽生白川依旧疑惑。

星野太一不再解释。他不打算让羽生白川了解更多的事情。

"这真是越发有趣了。"他自言自语。

十八

位于上海西南远郊的那片红色大楼，远望绿树如茵，花团锦簇，近处一瞧，却隐隐散发着一股股晦暗的气息。进入这片地带之前，一道道哨卡，戒备森严，一旦陌生车辆临近，荷枪实弹的日本兵们登时如临大敌。

季铅依遇害前的那天上午，江南毅独自驱车来到这里，正式开始与几位研究人员探讨铀同位素分离器的研发流程。这已是他第三次来到研究所。羽生白川很急迫，一直在催促他尽快投入进来。这个研究基地，他和老于一致认为，就是日本人从事原子弹研究的核心区域。经过初步侦察，江南毅大致摸清了此地的结构。共分为四大区域，每一块由一支研究力量组成，成员都是来自日本本土的精锐：

第一支研究力量，由东京大学冶金实验室组成，主要任务是生产足够数量的钚。

第二支研究力量，由著名的"桥本龙一"实验室以及几家公司组成，任务是用电磁法分离浓缩铀-235。

第三支研究力量，由京都大学的代用合金实验室以及几家公司组成，任务是用扩散方法生产浓缩铀-235。

第四支研究力量，是军部的几位研究人员领衔的一个实验室，主要任务是得到足够的裂变材料，研制成可投入实战的原子弹。

江南毅的主要工作，是负责协助羽生白川把控和监督整个研究计划的进展，确保顺利，另外再做一些理论层面的可行性论证。不过，眼下主要的困难在于铀原料的缺乏。问题自然转到铀矿的获取，也就是寻找菊花身上的那张地图。

江南毅一直工作至凌晨，方才离去。驾车经过门岗时，日本兵冲他敬礼。他暗暗记住了这里的兵力配置，画了地形图。

寒月当空。汽车渐渐远离研究基地，前方是一片荒无人烟的小树林，穿过去就是大路。江南毅突然听见类似泄气的声音，意识到轮胎扎了。他停下车，下意识地掏出手枪，轻轻打开车门。他看到前后轮胎下面，各有一个钉满钉子的车障，车子轧在上头，完全爆胎。毋庸置疑，车障是有人提前摆在这里的。

江南毅蹲下身子察看，猛然间发觉身后有人逼近，似乎有重物向他袭来。他迅速躲闪，一人挥舞着一根大棒子，砸空，江南毅的手枪掉在地上。他想捡起手枪，第二棒又砸来，他一个前滚翻躲过，起身施展擒拿技术，夺下棒子，一脚踹飞对方。这时从侧面又出现一个黑影，身手明显比上一人高出很多，一只手朝江南毅抓来。江南毅接招反击，与其纠缠。此时右侧又来一人，攻其肋部；刚才持大棒的人又攻过来。三人武功都颇为不凡，江南毅拼尽全力，以一敌三，神勇异常。此时后方又窜出一人，左手持一注射器，右手勒住江南毅脖颈，针头迅速插进脖上静脉，注射。江南毅按住那人胳膊，打掉注射器，但为时已晚。他感到一阵眩晕，很快两腿发软，站立不住，失去知觉。

他醒来时，已是第二天傍晚。窗外传来啾啾的鸟鸣、呱呱的蛙叫，还夹杂着野狼嗥叫的声音。他看看屋里的陈设，木令、水盂、剑架、铜磬、木鱼、铜帝钟、锡蜡钎、经桌、法器桌……这里是一座位于山涧之中的道观。

江南毅跳起身，冲到屋门口，门上挂着两把沉重的大锁。他使劲砸门大喊，无人应答，只见有人从窗户缝里飞速塞进来两盘菜、一桶白米饭、一碗汤，随即快步离去，任凭江南毅如何喊叫，都再无声响。

江南毅按按太阳穴，脑袋依旧有些昏昏沉沉。他迅速回想昨晚遭遇的那几人，判断他们的身份。是星野太一故意派来试探的？抗日锄奸队的？还是军统分子？他分析不出所以然，索性坐下来，扒着那桶白米饭，就菜喝汤，狼吞虎咽起来。已经一整天没吃饭了，就算死也要当个饱死鬼。

在不远处的一间屋子里，一位鹤发松姿的老道长，正盘腿坐在黄色的蒲团上，对面坐着他的老朋友江闻天。

"道兄，孽子就交给你了。都是老夫平时管教不严，致使他误入歧途，成为倭寇的帮凶，不分是非，做出祸国殃民、不仁不义的坏事。我痛定思痛，决定破釜沉舟，令其断绝一切世间尘缘，静心反省，闭门思过，以免一错再错，难以回头。还望道兄多多帮忙。"江闻天说。

老道长说："江兄言重了。令郎交友不慎，走错了路，固然可惜，但亡羊补牢，犹未晚矣。令郎权且住老道这里，老道一定精心调教，不负江兄所托。"

江闻天起身拜别："那就多谢道兄了。"

此地名曰"玄黄观"，是江闻天年轻时的清修之地。老道长是他相识几十年的朋友，琴棋书画无一不通，拳脚气功也颇具修为，是一位隐于闹市的世外高人。江闻天一遇烦心事，就来到此地，讨教求问，寻找心灵的宁静之所，摆一盘棋，切磋一下拳脚，念一念《道德经》，解决烦恼的答案或许不经意间就冒出来，云开月明，豁然舒畅。这里是独特的世外桃源，江闻天曾想过等他找到可以继承江家祖业的人，就隐居玄黄观，在此终老。这些年来，他一直的希望都寄托在江南毅身上，梦想着这个最聪明最争气的小儿子全盘接手，尽管他都不知道江南毅是否还认这个爹。但他就是这样器重江南毅，不管孩子如何反抗，也从来没有放弃当初的想法。即使到了今天，江南毅成了汉奸，当着他的面强行带走娘姨，变成江家的罪人，他也依旧抱着一丝希望。他要通过软禁的方式，改变江南毅，让他在道观里认识到过错，找回昔日的自己，让那些日本人再也找不到他。他单纯地相信，江南毅只要失踪一段日子，日本人就会慢慢忘掉他，久而久之，就不会再找他了。等一切风平浪静，他再带江南毅下山，亲手托付江家祖业给他打理，了却平生夙愿，阖家团圆，和和美美。

江闻天很满意这个计划。目前，他实现了第一步。昨天从研究所附近劫走江南毅的四个武林高手，都是老道长的亲传弟子。他们给江南毅注射的药，是玄黄观特制的迷幻药，可使人短暂昏厥。他们前几天奉师父之命，跟踪江南毅，瞄准研究所所处的空旷之地，利用月黑风高之夜，绑其上山。他们回来以后对师父说，江南毅的格斗术非同小可，若一对一，绝非其对手，四人联手勉强拿下，不知江南毅的武功是跟谁学的？老道长说是他的父亲江闻天。四人惊叹不已，当真是虎父无犬子，而且江南毅青出于蓝而胜于蓝。一人问江南毅身手如此好，为何他哥哥江北流不会武功？老道长说江北流从小体弱多病，而且悟性不高，为人有些懦弱，江闻天素来不是太喜，未作为重点培养对象。四人又狠狠感叹一番。

事实倒并非都如老道长所言。江北流不过是有点自卑罢了。不过，此时他正处于悲愤交加之中。他与阿四叔刚刚得知，娘姨死于日本人之手，不，准确来说，是死于江南毅之手。

今早，星野太一上门，要见江闻天，阿四叔再次拒之门外。他便送上几根大黄鱼，说是娘姨的慰问金，又留下一大堆话，说江南毅误认娘姨为共产党，铸成大错，痛心疾首，一点心意不成敬意聊表愧疚之类的，江北流听见后冲出来大骂一顿，甚至大打出手。星野太一毫不生气，任凭对方羞辱，一个劲儿地道歉。阿四叔愣推他出去，使劲关上门，骂了句脏话，转身安慰江北流不要跟这种日本狗一般见识。江海霓听到二人对话后，跑出来喊着说娘姨不可能死，定是造谣，要找二哥问个清楚，说完奔出门去。下午时分，她哭着跑回来说娘姨真的死了，是二哥的女友秦苑梓亲口告诉她的。

江南毅在国外这些年，唯一联系的家里人，是妹妹江海霓。江南毅会写信给她，讲讲自己的故事，在德国最苦闷的时候，谈到过秦苑梓，还寄来过她的照片。他寄信从来不用真实的地址，怕江海霓告诉江闻天，由此找到他的行踪。不过，江海霓从未说过，每次只是默默读完信，默默地藏起来。她今天跑到七十六号，一眼认出秦苑梓，以为她还是江南毅的女友。这也是秦苑梓第一次见到江海霓，感觉她长得与江南毅很像。

阿四叔担忧地说："要是老爷知道娘姨死了，二少爷在这个家就真的待不住了。"

除了愤怒，江北流言语中再也没有其他的情绪："你们不要可怜他，这个大汉奸不值得同情，更不应该怜悯。应该将他千刀万剐！"

"说得好，儿子！为娘坚决支持你！大汉奸江南毅不得好死！"二姨太冲出来火上浇油。她拽江北流进屋，闭紧门，硬按着他坐在椅子上，然后说上海有个抗日锄奸队，你要想办法联络上，除掉江南毅，大义灭亲。此话一出，江北流吓呆了。他固然恨江南毅，但从没想过真要杀他。

"娘，这事……还是容我再考虑考虑吧。"

"我的傻儿子哟，你可是要急死我吗？这都什么时候了，你还是犹豫不决？你要搞搞清楚，现在是出人命啦！娘姨，死啦！他江南毅弄死的！一命抵一命，这点道理你不懂吗？！这点是非你分不清吗？这点决心你都下不了吗？真尿包！孬种！"

江北流不得不承认，他就是个孬种。

"好，你不愿意当坏人，为娘替你去当！"二姨太说。

她愤愤地打开门，一脸横眉冷对的样子，甩手离去了。不一会儿，江北流茫然地走出来，出了大门，正遇见季鹤鸣。季鹤鸣的脸上说不出是沮丧还是痛苦，整个人如失掉三魂七魄一样，走路都飘飘的，像行尸走肉，怔怔地盯着江北流。

"北流，你，你季叔叔，快活不下去了！"话音未落，他的泪水如决堤的洪水，喷涌而出。他双腿一软，跪在地上，头垂下来，爆发出震天响的哭声，引得阿四叔、江海霓都出来了。刚刚怒而回屋的二姨太，也循声而至。

"季叔叔，您怎么了？"江北流说。

季鹤鸣痛哭良久，经江北流等人再三追问，终于断断续续地说："铅依，铅依，她，她……"

"铅依怎么了？"江北流急了。

"她被江南毅杀了。死了。"季鹤鸣战栗地说，随后又哭起来。是动物般的哀鸣声。

晴空中响起震耳欲聋的霹雳。

在场的所有人都以为听错了。

"你胡说什么？不许污蔑二少爷！"阿四叔首先叫起来。

季鹤鸣忽然像变了个人，猛然站起来，手中的一件东西甩到阿四叔身上。大家这才注意到，他手里一直紧紧捏着几张纸。

那是季铅依遇害前一天，收到的那封江南毅约她见面的来信。是法医验尸时找到的。

江北流双手颤抖地捡起来，打开。他读着的同时，季鹤鸣声泪俱下地讲了他被警察带到兆丰公园认尸的事。

"是二少爷的笔迹。"阿四叔在一旁也读着那封信,脱口而出,但马上又喊起来,"但绝对不可能是他干的!"

江海霓和二姨太已经被彻底弄蒙了。娘姨死了,是江南毅杀的!季铅侬也死了,还是江南毅杀的?!

当噩耗接二连三传来的时候,人往往宁愿相信自己是在做梦,下意识地使劲逃避残酷的现实,甚至想方设法找证据证明消息是伪造的。即使事实一再证实了噩耗的真实存在,他也不会选择相信,而会继续寻找证据推翻,直至完全疯狂。

江北流此时,就是在拼命怀疑他刚刚听到看到想到的一切。那应该都是梦境才对。

"他在哪里?江南毅在哪里?我要找他问个清楚!我要他给我女儿偿命!"季鹤鸣的情绪完全失控了。

"南毅君失踪了。"羽生白川出现在江家门口。

十九

　　总务处副处长江南毅不明不白地失踪，在七十六号引发了不小的震动。

　　羽生白川在研究所附近的小树林里，发现江南毅的轿车，以及废弃的针管。他还检查出搏斗的痕迹，找到了几组大小不一的脚印。顺着脚印，他带人寻到玄黄观，但未轻举妄动。他要先确认江南毅是否在里面。

　　半天后，羽生白川化装成一位日本的道士，操着一口相当流利的汉语，独自叩开玄黄观的大门，作揖道："您老慈悲！贫道来自东洋，偶遇此地，想借宿两晚，不知可否？"

　　开门者是老道长的徒弟，那晚也参加了"劫持"江南毅的行动。他盯着羽生白川上上下下打量一番，面露疑色，说："您老慈悲！待小道禀明家师。请稍候片刻。"

　　徒弟回去据实告知老道长，怀疑是日本方面来寻找江南毅的人。老道长本想拒之门外，转念一想不妥，如此一来更有"此地无银三百两"的嫌疑，于是叫请进来。羽生白川千恩万谢，走入道观，并未四处察看，跟着小道士径直走入客房，坐下后便不再出屋，倒头睡去。晚上醒来之后，他发现窗户附近的树叶轻轻晃动，知道外面有人盯着，便主动开门邀其进屋茶叙。那小道士见对方察觉，反而显得有些不知所措，进也不是走也不是，硬被羽生白川拽了进来。羽生白川取出随身带的日本玉露茶，耐心冲泡一壶，请小道士品尝。小道士推脱不过，勉强喝了两杯，很快便昏昏睡去，鼾声如雷，使劲推也推不醒。羽生白川将其置于床上，盖上被子，轻掩屋门，取出夜行衣穿戴好，轻点脚步，于道观内挨屋找寻，摸了大半宿，终于在道观东南拐角处一间不起眼的小屋旁，听见有人轻咳，声音颇似江南毅，凑近一瞧，果不其然。

"南毅君，是我。羽生白川。"

江南毅见是羽生白川，大吃一惊，赶紧凑上前来。羽生白川见门前闩着大锁，掏出手枪，装上消声器，对准锁头开了一枪，锁登时断掉。

羽生白川打开门："南毅君，你受苦了！"

江南毅说："羽生君冒险前来搭救，江南毅感激不尽，恩情难报。"

"南毅君，此地不是久留之所。你我先离开这里。"

二人朝观门处疾步而去。行至一半，突遇四人拦阻，当头那人正是老道长。

"倭寇！留人慢走！"

老道长和三名弟子围堵二人于中央，无意伤害江南毅，只是不放人。老道长武功颇高，加上高徒助力，江南毅和羽生白川并非敌手，很快渐落下风。羽生白川忽然从怀里掏出一物，往地上狠命一摔，顿起一团烟雾，眯得人睁不开双眼。待老道长等人拨开浓雾，发现二人已奔出很远，马上就要到达道观门口。这时，只听"砰"一声响，江南毅摔倒在地，捂住胸口，只见鲜血汩汩流出。

"南毅君！南毅君！"羽生白川大叫，江南毅脸色惨白，气若游丝，渐渐合上双眼。

只见不远处半山腰上的草丛里，白光一闪，羽生白川登时意识到那是狙击步枪瞄准镜的反光。

"狙击手！"他趴在地上，紧紧按住江南毅的伤口，鲜血很快浸满他的手。江南毅的声音越发微弱起来。

老道士等人见状大惊，万未想到会发生这样的事。三位徒弟忙朝子弹射来的方向奔去，但刺客早已逃离，踪影全无。

开枪的正是季飞宇。

这位江南毅昔日的好兄弟，在得知季铅依死讯后，看到那封信，认出江南毅的字迹。铁证如山之下，他一时难以接受亲妹妹死于兄弟之手，难抑冲动，操起狙击步枪，来到七十六号附近，却发现江南毅被劫持之事，转而又赶到江家，撞开大门，用枪逼问阿四叔，得知江闻天最近上山去了玄黄观，故而推断江南毅就在那里。

季飞宇射杀江南毅时，内心交织着异常复杂的情绪。他并不愿意相信江南毅会杀季铅依，但无可辩驳的事实又令他不得不信。他非常想当面问个清楚，也有一些疑点一闪而过，但一想到妹妹的惨死，他仅存的少量理智就被击溃了。尤其是当他听到羽生白川和江南毅在屋前的对话时，江南毅对羽生白川亲切的态度瞬间搅乱了他的思维。一瞬间，他分不清江南毅到底是不是真的军统卧底了。也许他早就背叛了军统，投靠了日本人。不然怎么解释他杀害从小最疼爱的铅依妹妹呢？那可是最单纯无瑕最心地善良的铅依啊！他必须替妹妹报仇！这思绪强烈地支配着他的行为，迫使他不由自主地扣动了扳机。

子弹射在江南毅的胸部，距离心脏只差一寸。在日军医院里，闻讯而来的星野太一命军医不论付出什么代价都要救活江南毅。秦苑梓听着军医跟羽生白川说，失血太多，生还希望很小，两腿一软，眼前一黑晕了过去。等醒来时，羽生白川正坐在身边，焦急地望着她。

秦苑梓看着羽生白川眼睛里的泪水，以为江南毅已遭遇不测，顿时泪如泉涌。

"苑梓，南毅君已脱离危险。子弹是贴着心脏打过去的，命大，真是命大啊！"羽生白川心有余悸。

秦苑梓听到此言，止住哭声，片刻后又喜极而泣，再次泪流满面。

"查清楚了，是季鹤鸣的儿子季飞宇干的，要报他妹妹的仇。调查到季飞宇还是反日的军统分子，已经全城通缉了。"羽生白川说。

门外响起急促的脚步声，一男一女，还夹杂着"二少爷"的叫喊声。阿四叔和江海霓在走廊里四处寻江南毅，羽生白川走过去，说："二位是南毅君的家人吧？南毅君在对面的那间屋子里。他的身体还很虚弱，先不要去打扰他。"

"我要见二哥！二哥到底怎么样了？"江海霓焦急地问。

羽生白川领着二人来到病房门口，透过门上的小窗户，看见屋里的江南毅正躺在床上，双眼紧闭，输着液。羽生白川请二人放心并转告江闻天，江南毅福大命大，吉人自有天相，眼下只需静养。病房内二十四小时陪着两名特工，门外站着两名荷枪实弹的日本兵。

"季少爷怎么这样糊涂啊！还好二少爷没事，不然老爷肯定伤心死了。"阿四叔用袖子抹着泪说。

江闻天悬着的心终于放下了，但懊悔内疚连带愤怒痛心的情绪再难以散去。若非他执意掳江南毅上道观，或许今日的惨事也不会发生。他认为儿子负重伤与自己的鲁莽脱不开干系。但江南毅杀害季铅侬的事又令他无法理解。季鹤鸣固然为人处世不够正大光明，人品也有问题，可毕竟是他的亲师弟。季铅依也是他看着长大的，江南毅跟她有何深仇大恨，为什么要痛下杀手？只有一个解释，那就是江南毅被倭寇彻底洗了脑。

他一个人呆呆地坐在书房里，对着江王氏的照片，喃喃自语：

"我到底作了什么孽，老天爷竟然要这样对待我？这逆子闯下滔天大祸，难以饶恕，确应以死谢罪，方可告慰季家女儿在天之灵。但他果真生命危在旦夕之时，我却忍不下心，只求苍天保佑，救他一命。唉，还是让我这把老骨头以命相抵，替他赎罪吧！"

说罢，江闻天竟如小孩子般呜呜哭起来。

屋外，江北流听着心如刀绞。他恨死了江南毅这个同父异母的兄弟，恨他杀了铅依妹妹，恨他击碎了全家人的心。他早把季铅依当成此生唯一的爱人。尽管季铅依似乎从未对他有过任何暗示，但他就是那样一厢情愿。他原本想过几天就去找季鹤鸣正式提亲。江南毅叛国投敌被赶出家门后，二姨太说江闻天已有意向传给他江家祖业，那他就是江家未来的当家人，季铅依就是这个家的少奶奶。可如今，这些全都成了一个永远无法实现的美梦。他再也听不见季铅依甜美的声音，再也看不到她做可爱的鬼脸，再也吃不到她亲手做的无锡狮子头。而造成这一切的罪魁祸首，是江南毅！

"他不是我的弟弟。我一定要杀了他。"江北流暗暗起誓。

就在大家质疑甚至仇视江南毅时，这位倒霉的江家二少爷，正静静地躺在床上，胸口的弹片取出后，一阵阵剧痛，浑身像卸了骨头一般，毫无气力。他刚刚听见门外阿四叔与江海霓在对话，听到了季铅依的事情。

铅依妹妹死了！说是被他杀死的！

江南毅觉得天旋地转、地动山摇，似乎周围所有的一切都砸在他身上，压得他永远也翻不过身来。他多么希望阿四叔说的是一个虚构的故事，多么希望铅依妹妹现在可以来到他的床前说："南毅哥，你看我这不是好好的嘛！"然而，这成了永远的奢望。他变为千夫所指的杀人凶手、季家不共戴天的仇人。

江南毅紧闭双眼，脑海里浮现出季飞宇正东躲西藏的画面。他希望季飞宇跑得越远越好，千万不要被日本人抓住。

星野太一走进病房："江先生，感觉好点了吗?"

江南毅睁开眼睛："星野先生，您来了。"

他挣扎着要坐起来，被星野太一赶忙扶住。星野太一尴尬地告诉江南毅，已经调查清楚，那些道士绑架他，是江老先生的意思。他不能下令去抓江闻天，这事只能不了了之。江南毅说他早就知道是老头子干的，那座道观他小时候去玩过，一草一木并不陌生。他说老头子的意思，是想让他远离汉奸的氛围，人间蒸发。星野太一沉重地叹口气，说江老先生的苦衷我是完全可以理解的。你们中国讲究的是仁义礼智信，你的行为在他们眼中违背了这一原则，就成了他们认为的叛徒。这对你是非常不公平的。江先生，你是我们樱花之国最好的朋友、最忠诚的伙伴、最得力的干将，我们绝不能让你的忠实付出受到不公正的对待。任何与你对抗的人都是我们的敌人，当然，江老先生除外。他对你的不理解，是父亲对儿子的心疼和关心，不要怪他。我们要对付的，是那些真正想置你于死地的人，比如那个军统分子季飞宇。同样都是棋王，怎么江季两家的差距和境界就这么大？季鹤鸣生出一个脑后长着反骨的儿子。真是上梁不正下梁歪啊！不过江先生放心，我们一定会抓住他，并交由你亲自审讯。

　　江南毅痛苦地感到，他很有可能是负责终结季飞宇性命的那个人。他与季家的那个结，越系越死，估计再也解不开了。

　　星野太一还对江南毅说，季铅依身上的那封信他读过了，应该是有人高仿你的字迹，造成你是凶手的假象，以此激怒季飞宇，借他之手除掉你。如果换作别人，或许看不出来那封信的破绽，但是我对中国书法还是略知一二的，分辨真伪并不难。羽生君给我看过你写给他的信，我仔细做了对比，仿写者差一点就要蒙混过关了，可惜他还是功夫不到家，有一两个笔画露出了破绽。

　　"江先生，你是清白的。"

　　江南毅问信在哪里，星野太一说是季铅依的父亲季鹤鸣拿走了。"季老先生是一代棋王，围棋的造诣与你父亲并驾齐驱，我年轻时，也曾受他不少教诲，算是老相识。他的女儿被害，我也十分痛心。他说那封信是女儿的遗物，我尊重他的要求。江先生，他对你有很深的成见，你要当心。"

江南毅想起江闻天曾教过他仿迹之术，还说这是他师父鬼棋圣很擅长的。两位师弟杜九皋与季鹤鸣都精通此术。有能力写出这封信的人，应该就在三人之中。

能是谁写的？

二十

    季飞宇是在军统上海站的一处安全房里被捕的。羽生白川根据一名军统叛徒的供述，顺藤摸瓜，找到了那个藏身之处。抓捕过程费了些力气。几十名特工包围安全房，季飞宇察觉后，拼命抵抗，狙杀了七八人，终因寡不敌众负伤就擒。羽生白川看到那把狙击步枪上面缠满胶布绷带，季飞宇双手遍布老茧，枪法卓越，弹无虚发，一瞧就是久经沙场的职业狙击手，再见他是棋王之子，气宇不凡，不觉有些起敬。他专门与季飞宇同乘一辆车，亲自押往七十六号。他想好好地与这个人聊聊。

    "季飞宇先生，你为什么要刺杀江南毅先生？"

    季飞宇轻蔑地说："别人杀了你亲妹妹，你难道不会报仇？"

    "你搞错了。南毅君不是凶手。你妹妹死的时候，他已被父亲掳上玄黄观，就是你刺杀他的那个地方。这一点，道观的道士可以证明。他不可能同时出现在两个地址。"羽生白川说。

季飞宇心里一惊：若这日本人所言是真，那他就错怪了江南毅。他就打死了不求同生但求同死的好兄弟。

他顿时感到一股巨大的悲凉与苦痛。他是一个过于性情的人，本就不大适合情报工作。他深深懊悔起来，恨当初太过鲁莽武断，未经认真推敲分析就妄下结论，鲁莽行动，错杀江南毅，犯下不可饶恕的滔天大罪。他亲手用身上的皮囊，撕裂了体内那具可悲的灵魂。江南毅还是那个并肩作战的好搭档、好战友，并没有背叛军统，更没有背叛国家。

"好在南毅君命大，你的子弹几乎就杀了他。你们中国的老天爷，长眼啊！"羽生白川的这句话，让季飞宇如释重负。他真想当面去向江南毅道歉，让他使劲打自己几拳，让他明白自己是个蠢蛋，希望江南毅不要记恨他。

可究竟是谁杀了季铅侬？为什么有人要模仿江南毅的笔迹陷害他，还仿得那么像？这人到底有什么目的？是施反间计借刀杀人吗？有一点可以肯定，此人能写出那样的一封信，必然非常了解江季两家的关系，也相当熟悉江南毅和季铅侬。也就是说，此人很可能就是长期与两家关系极度密切之人，或者知道两家渊源的人。他必定是与两家结下了仇，才会做出如此狠毒之事。

季飞宇的脑海里浮现起好多人，但觉得哪个都像，又都不像。他想不出身边有符合这样特征的人。

此事就是一个诡异的谜团，成为目前困扰他的最大难题。他甚至都忘了正身陷囹圄，已自身难保。不过，有件事他非常明确：不管即将面对的是什么，哪怕是十八层地狱，他也要严守江南毅的军统身份，尽全力保护他不受到任何怀疑与伤害。

"季飞宇先生，令尊季鹤鸣是围棋大师，想必你的棋艺也颇有水平吧?"羽生白川说。

见季飞宇不理会，他又补充道："将门虎子，真想与你切磋一下。"

车行至七十六号，羽生白川请季飞宇下车。季飞宇戴着手铐，走上楼梯，正碰上迎面而来的秦苑梓。秦苑梓见到他一愣，觉得这人有些面熟。喔，她突然想起来了：很多年前，她在德国留学时，在江南毅的房间里，见过他和这个人的合影。相片里，两个人互相搂着肩膀，很亲密的样子。此人就是几乎要了江南毅性命的凶手?!

季飞宇看见秦苑梓，冷笑一声，擦肩而过时骂了一句："人面兽心的美女蛇。"

秦苑梓下意识地掏出枪，对准他的脑袋。季飞宇看着黑洞洞的枪口，笑了。那声音里，夹杂着无畏与无惧。

"苑梓!"

羽生白川快步走上来："冤有头，债有主。还是让南毅君亲自来报仇吧。"

秦苑梓缓缓地放下枪，扬起手狠狠打了季飞宇一个耳光。

当季鹤鸣知道季飞宇被捕的消息时，他一夜之间白了头。本就苍老的脸上变得更加沟壑纵横，两只黑色的眸子塌陷进暗纹丛生的眼眶，里面布满了红红的血丝，以及遭逢黑暗之吻的深深绝望。他独自坐在床上，目光呆滞地盯着地面，摇摇晃晃的，像个不倒翁。

他活了六十多岁，一生之中历经无数坎坷，大风大浪都挺过来了，虽然晚年落得一个坏名声，日子过得紧紧巴巴，靠小偷小摸糊口，但毕竟儿女双全，家是完整的。近来却风云突变，命运急转直下，一棍子打得他下了地狱，先是丧女之痛，现在儿子又落入敌手，生死难料。当真是天要亡季家。而开启地狱之门的判官，是大师兄的爱子。

真是绝妙的讽刺啊！

季鹤鸣还有一件事是放不下的。他一直怀疑季铅侬的死，与自己上次的一个小动作有关系。回想起不久之前被人绑到地下室掰断手指，逼他交出玉绒棋盘的那一幕，至今刻骨铭心。他后来为保命，答应了那人，然后按照事先的约定，去郊外的大树下埋下棋盘，任那人取走。他交出的是一副假的玉绒棋盘，是好多年前伪造好的，就是为了防这样的人和事。那副假棋盘的仿制过程，是按照古董造假的工艺操作的，仿得惟妙惟肖，足能以假乱真。难道他的这个小动作被瞧了出来，然后对方怀恨在心，杀他的女儿报复？若此逻辑成立，那么绑架他的人就应该是江南毅。他或许是受江闻天指使，为得到天籁棋局里的宝藏，以见不得光的方式拿到玉绒棋盘。对，一定是这样的！破解天籁棋局，棋盘、棋子、残局走通之法，三者缺一不可。江闻天通晓走通之法，那是师父鬼棋圣当年单传于他的。青目棋子在杜九皋手中，他与杜九皋联合起来，抢夺他的玉绒棋盘，踢他出局，然后破局分财。可能就是这样！这个逻辑是非常合理的！

季鹤鸣越想越觉得有道理，却又越不敢深想。他感到自己成了害死季铅依的罪魁祸首。是他偷换棋盘的小伎俩，丢了女儿的命，又搭上儿子。

"我就是罪人啊！"季鹤鸣紧紧地抱住脑袋，拼命地、放肆地大声哭起来。

哭了一会儿，他像想起什么，从床上蹦起来，掀开床铺，摸到一个机关按下去，床边的一块木板缓缓移动，露出一个大洞。他探着半个身子，趴进洞里，又按动一个机关，里面的另一块木板又缓缓移动，露出第二个洞。他用足气力，从洞里抱出一尊沉甸甸的金色弥勒佛像。他小心地把弥勒佛像放在桌子上，然后如拆装工具一般，一尊弥勒佛很快被拆成一小块一小块。这些零件被他重新组装后，变成一副围棋棋盘。

这是真正的玉绒棋盘。

此物造于明朝永乐年间，名为棋盘，其实是一件巧夺天工的机械，融入了整整两代工匠的心血。整体结构木制为主，铁制为辅，可拆可装，除棋盘外，还可拆装成佛像、弓弩、盒子、斧头，变化多端，灵活异常。称其"玉绒"，缘于其设计者姓墨名子英，字玉绒。当年应一位朝廷重臣之邀，造了此物，重臣重金买去后，辗转流传，不知过了多少代，落到鬼棋圣手中。直到有一日，季鹤鸣发现了这副棋盘，费心研究多年后，琢磨清楚了拆装之法，便暗暗发誓要用心守护一生，绝不示人。

季鹤鸣盯着金光闪闪的棋盘，目光有些呆滞："你是罪恶之源。我不能要你，不能要了。师父的话，我不能再听了。我要用你，去换我儿子的命。"

他抱起棋盘，跌跌撞撞地出了家门，往日军医院的方向跑去。他想送这棋盘给江南毅，向他认错，求他高抬贵手，刀下留人，保季飞宇不死。他相信，凭着与江闻天几十年的交情，江南毅不会与他一般见识的，不会让他儿女双亡、孤独终老。不看僧面，还要看佛面。再怎么说，他也是看着江南毅长大的"季叔叔"。

他有这个信心。

他气喘吁吁地跑，眼见前面就是日军医院了。就在距离医院大门七八十米的时候，他看见两名特工搀扶着江南毅走出来，扶他钻进一辆汽车。他使劲大叫江南毅的名字，但街上风太大，风向又不对，迅速反方向刮走他的呼喊声。他眼睁睁地看着汽车发动，开走了。就差一步。

季鹤鸣抱着玉绒棋盘，呆呆地站在那里，瞧着远去的汽车，绝望地瘫倒在地上。

江南毅是特高课的人请走的。这两天，他已能下床走路。星野太一让羽生白川派人请他过来，亲自审讯季飞宇。用星野太一的话讲，"他没能杀死你，你就必须消灭他"，否则就是放虎归山，与虎谋皮。

江南毅清楚，他终究逃不过这一刻。

又是那熟悉的审讯室，又是那阴森森的味道。

上次审娘姨的电椅子，季飞宇坐了进去。他对面的江南毅，正冷酷地盯着自己。身边的两名刽子手磨刀霍霍，随时等待江南毅下令用刑。季飞宇做好了充分准备。

"南毅君，可以开始了。"羽生白川低声说。

江南毅显得有些疲惫，胸口不时泛起隐隐的伤痛。

"狗汉奸，动手吧。只可惜，我这次命不好，失了手，不然的话，你早就去见阎王了。"季飞宇先开口。

江南毅缓慢地站起身，有些艰难地，一步一步走到电椅前，狠狠打了季飞宇一拳。季飞宇的鼻子和嘴角淌出血。他瞧着江南毅，笑出了声。那笑声越来越大，震得整间审讯室瑟瑟发抖。羽生白川直接替江南毅按下电椅开关，电流飞快地游走于季飞宇全身，他在战栗中走向熊熊的烈火，朝着属于自己的宿命之旅，无惧前行。

"只要你说出在军统上海站的职级、任务以及联络人，我就不再追究这一枪。"江南毅从上衣口袋里取出一颗子弹头，举到季飞宇面前。季飞宇看着那颗熟悉的子弹，慢慢地低下头，吟出一首海涅的诗：

山岭和古堡低头俯瞰，明澈如镜的莱茵河，我的船儿欢快地扬着帆，划过日光里闪亮的金波。我静静地观赏着那嬉戏的浪花，跳荡的涟漪，在心胸深处不知不觉又有沉睡了的情感复活。美丽的河流含笑点头，诱我投入它的怀抱；可我了解它：表面光明，内里却藏着死亡和黑夜。笑脸迎人，胸怀诡诈，河啊，你正是我爱人的写照！瞧，她不也会亲亲热热地点头，她不也会妩媚温柔地微笑。

江南毅从诗里，听出了对方的懊悔与自责。那一瞬间，他明白了：季飞宇知道他并非杀人凶手，错伤了他，正准备用命来偿还。季飞宇用吟诵的声调告诉他：兄弟，错怪了你。我不能与你一同杀敌了，接下来的任务，需要你孤军奋战。你要替我为铅依报仇。此生有你这样一位同生共死的好朋友，值了。珍重。来生再见。

季飞宇的下颌动一动，几秒钟之内，嘴里流出一股血，脑袋一歪，死了。他的牙齿里，藏着一颗氰化钾。军统特工自杀的标配。

江南毅强忍着眼泪，狠狠地踹了季飞宇的尸首一脚，佯装愤怒："敢自杀！便宜你了！老子要鞭尸！"说罢，顺手从旁边操起一根鞭子，故意抽向气息全无的季飞宇。羽生白川急忙扯住他的手："算啦，算啦，南毅君，死者为大，死者为大啊！"

"死者为大?！他差点打死我，你不知道吗！"江南毅发出满腔的怒吼，吓了羽生白川一大跳。江南毅吼完，胸口剧痛，他剧烈地咳嗽起来，随即两眼一黑，失去了知觉。

当他再次醒来时，又回到了日军医院的病房。门外传来羽生白川和秦苑梓的声音。他想起季飞宇的惨死，想起他临终前说的那些暗语，悲从中来。他转过身，把头深深地埋进枕头，无声而剧烈地哭泣起来。

二十一

季鹤鸣接到季飞宇骨灰的那一刻，精神失常了。

他抱着骨灰盒，坐在七十六号大门口的台阶上，歪着脑袋，一阵一阵地嘿嘿傻笑，不一会儿又莫名其妙地坏笑起来，接着是震耳欲聋的大笑，再转为毛骨悚然的狂笑。站岗的日本士兵听着都忍不住面面相觑。羽生白川恰巧走出来，看着这幕人间惨剧，长叹一声，转过身不愿直视。

二楼的一间房内，星野太一站在窗户旁，眼见一代棋王精神崩溃，一扭一拐地在地上爬，浑身脏兮兮的，随手抓来脏东西塞进嘴里，鼻涕眼泪齐刷刷流，胡言乱语，听不懂喊叫些什么，人算是废了。

"天妒英才，天妒英才啊！"星野太一痛惜地说。

羽生白川和星野太一没有告诉江南毅有关季鹤鸣疯癫之事。他们都清楚江季两家的关系，不愿意看到江南毅因此事而再增烦恼。还是先让他在医院好好养伤吧。

疯子季鹤鸣满大街乱爬，大喊大叫，引来不少路人围观。早有好事者说给江家人听。江闻天知道此事后，叫阿四叔接季鹤鸣回来，精心打扫出一间房，安置进去。江闻天说是江家对不起季家，是他这个当大师兄的不称职，这些年没能照顾好师弟，如今他养的逆子弄得师弟家破人亡，他有义务有责任为季鹤鸣养老送终。他对江北流说，如果有朝一日他死在季鹤鸣的前面，你要继续照顾好季叔叔，不得有误。江北流郑重地点头答应，说如果铅依妹妹还活着，孩儿还想请您跟季叔叔提亲，季叔叔本来就是孩儿的准岳父，照顾他的后半生是孩儿的分内之事。孩儿现在最想做的，就是杀了江南毅，替季叔叔报仇。江闻天闻言大怒，说，你住嘴！你要杀他？他是你亲弟弟！你杀他就是大逆不道！以后在家里不许再提起他！出去！

江北流不理解为什么一提江南毅，父亲发火之余还要使劲护着。从江闻天房间出来后，他去找阿四叔诉苦。阿四叔沉默良久，说大少爷我说几句不该说的话，二少爷再怎么做得不对，也是老爷的亲儿子，还是你的亲弟弟。江家历来最在意什么？恪守儒家之道。孝悌，是儒家的核心之一。大少爷扬言要杀了亲弟弟，在老爷看来就是违背了孝悌之道。江北流反驳说江南毅那可是杀了身边亲人的恶魔！阿四叔说他再罪大恶极，也不应该是你这个当哥哥的惩罚他，他自会遭到报应。老爷最希望的，是看到你们兄弟和和睦睦的，不论

188

谁犯了错，哪怕是像二少爷这样天大的罪孽，也要想尽一切办法挽救他，而非落井下石，逼到死路上去。若说非到了清理门户那一步，也是老爷拿主意，而不是大少爷你替他说。大少爷你就是太不理解老爷的苦衷了，从这一点来说，你还真不如当初的二少爷……我说得有点多了，大少爷我走了。

阿四叔走后，江北流近乎崩溃。他没想到家里人都是那样看待江南毅的，未想到江南毅都这样无德无良了，在他们心中竟然还是要处处维护的好儿子、二少爷。江南毅到底有什么魔力，让这些人围着他团团转？他是杀人犯！汉奸！败家子！江家列祖列宗容得下他？江家世世代代的忠良名将容得下他？他的亲生母亲江王氏，如果泉下有知，容得下他？

二姨太看出了江北流的心思，又撺掇说老爷跟你讲的都是假象，阿四更是火上浇油的主，你别受其他人的蛊惑，要有主心骨，知荣辱，懂是非。江南毅利欲熏心成为走狗已是板上钉钉，又残忍地杀了季家一双儿女，逼疯你爹的亲师弟，老天爷也容不下他，人人得而诛之。你要听娘的，找抗日锄奸队的人，先斩后奏，干掉他。等他一死，那些人就算想说什么也没办法说了，到时候你就是江家的功臣，江家的祖业非你莫属。江北流听完这番话，似乎得到了莫大的支持，终于下定决心："娘，我听您的，抗日锄奸队去哪里找？我要宰了他！"二姨太说她有一门远房亲戚认识这方面的人，老爷都不知道。她对江北流打包票说她负责联系。

"你就等着为娘的好消息吧！"

他们的对话，被窗外的江海霓听得一清二楚。江海霓暗暗心惊，第一反应是要赶紧通知二哥。她已经失去铅依姐姐、飞宇哥哥，不能再失去二哥。她更不能允许大哥胡来，万一大哥真杀了二哥，他也会被日本人抓去处死，那这个家就真的完了。

江南毅完全不晓得家里发生的这一切。前来探望的老于，正在他身边装作查房。日军医院有一位军医是日本共产党的人。老于联系到他，假扮成医护人员混了进来，未引起门口卫兵的怀疑。江南毅昨天让羽生白川撤掉了房间里的特工，说有人总坐他对面盯着，他休息不好，影响伤情恢复，何况季飞宇已死，特高课与七十六号实现了敲山震虎的目的，就算军统想复仇，暂时也没那个胆，找不到这里。羽生白川觉得有理，便只留下大门口的日本守卫。

江南毅用手语告诉老于，屋里没有安装窃听器。他问老于是怎么知道这个地方的，老于说他身为上海地下党负责人，这点信息都掌握不了，怎么领导你江南毅？

"你可真是命大啊，你说你要是有个三长两短，我可怎么跟你老师黄穆清交代，将来怎么跟你的父亲交代！"老于心有余悸。

190

江南毅苦笑道："死了一了百了，我身上的嫌疑越来越多，都快洗不清了。在他们眼里，我弑兄杀妹，万劫不复，他们恨不能将我挫骨扬灰，一点渣渣都不剩下。"

　　"你死起来容易，眼睛一闭，万事皆空。不过你可想清楚喽，你的沉冤将永远无法昭雪，你受的委屈永远无人理解，你干过的地下工作永远成为谜团，你就变成一抔黄土，长埋地下，眼睁睁看着那些恶人坏蛋为所欲为，你就悔恨去吧。"老于故意拿腔捏调，缓和压抑的气氛。

　　江南毅说："你别取笑我。我要真变成那个样子，你也好不到哪里去。我死了，也要拉你一起垫个背。"

　　"那样子就好喽，我也再不用过这整日提心吊胆时不时还要东躲西藏的日子，轻轻松松自自在在，想游荡到哪里就游荡到哪里，人生天地间，自由任翱翔，岂不美哉！"老于笑了。

　　他递给江南毅一个药瓶，说："别忘了吃药，是我配的独门秘方，对你的伤有好处。"说完，他离开病房，用日语跟大门口的日本兵愉快地打声招呼，扬长而去。

　　江南毅打开药瓶，从里面取出一个折叠成许多层的方形纸块，慢慢地一层层打开，足足有二十多层。一张四开的大纸呈现于眼前。纸上密密麻麻地写满了字。

　　原来，老于最近一直在搜集研究天籁棋局以及相关人士的历史资料，包括各类报刊杂志史书关于天籁棋局的记载，还有江闻天季鹤鸣杜九皋过往经历的资料、三人与鬼棋圣之间的历史渊源，以及传说中鬼棋圣收的其他弟子的相关材料。他发现，关于天籁棋局的研究很多，还有不少清代的学者做过学术考证，写成了书，甚至还有文人以天籁棋局为主题创作过小说。老于认为，其中有一篇文章值得关注。此文写于一九一一年十月十日，即武昌起义爆发的日子，作者为无名氏，题目是《关于鬼棋圣赴东洋疑点之考辨》。江南毅手里的这张大纸上，写的就是这篇文章的内容。是老于从故纸堆里手抄过来的。

文章提到，鬼棋圣平生只去过一次东洋，是一八九五年他七十五岁时，去日本参加中日围棋交流赛，随行者有三个徒弟，分别是江闻天、杜九皋、季鹤鸣，这一次总共待了二十三天，后来鬼棋圣先乘船回中国，三名弟子不知为何又在日本留了近一个月才回来。这次日本之行后，仅仅过去半年，鬼棋圣就去世了。随后他的骨灰盒神秘失踪，后来在日本被人发现，当时正供奉于京都著名的金阁寺。文章作者认为，鬼棋圣的骨灰盒之所以失踪，是因为那个骨灰盒是鬼棋圣生前自己制作的，里面藏有与天籁棋局有关的物事。而偷骨灰盒的人，就是冲着这一点去的。文章最后提出，要解开这个疑点，也许需要深入研究一下鬼棋圣去日本参加比赛时，都见过些什么人，遇到些什么事。或许他的三个徒弟了解一些情况。

江南毅反复读了好几遍，不知为何脑海中闪现出星野太一的影子。他隐隐约约地觉得，星野太一与文章里提到的这件事有关，但参与其中的，又好像不仅只有星野太一。从应羽生白川之邀，到黄穆清派自己回国，再到客轮上遇见星野太一，再到发生的一系列事情，表面貌似不相干的行为背后，隐藏着可串成线的内在逻辑。

　　江南毅产生了一个大胆的极富创造性的想法：他返沪以来遇到的种种事件，都是为了某种目的暗中操纵的结果。羽生白川和秦苑梓也是受人摆布的棋子。一些事情看起来不过是偶然甚至巧合，但也许是一盘早已设计好的大棋中的一步。就连菊花之死，或许都是故意设计的。筹划这盘大棋的，很有可能是连星野太一都预料不到的人。星野太一固然是相当重要的角色，但他也有难以掌控的盲点。而这盘大棋的最终目标，是天籁棋局指向的宝藏？还是那张日本人梦寐以求的铀矿地图？他想，如果这一切想象都成立，那他就时刻面对着一个躲在暗处的强大对手。这个人盯着他的一举一动，不，盯着所有人的一举一动，并正按照计划，一步一步引导着别人走进深不可测的陷阱。

　　江南毅的脑海里，如播放电影一般，闪过他至今在上海见到的每一个人。他记得黄穆清曾说过一句话："最可能的，往往是最容易被忽视的那一个。"

　　但是，谁最容易被忽视呢？

他的眼前，又浮现出季飞宇的身影。倘若这位儿时的伙伴还活着，也许还能帮他出出主意。他生前与江南毅见面的次数虽然不多，但江南毅可以感受到他骨子里一如既往的侠肝义胆。作为潜伏军统多年的中共党员，江南毅曾试图设想过有一天季飞宇知道他真实身份时的表情，他相信季飞宇不会像其他的军统分子那样仇视自己，不会认为受到欺骗，而是会给他的胸口狠狠来上一拳说："你个大骗子！大间谍！没想到你就是我们上峰一直要抓的共产党！要不是国共合作同仇敌忾，我还真愿意与你一较高下！不过要是你输了，我也想放你一马，谁让咱们是几十年的好兄弟呢！"

江南毅知道，他设想的这情景再也无法得到验证。季飞宇的死，在他心中留下难以弥补的巨大疮口，填满伤心与苦难，将在接下来的人生之路上久久相随。

季铅侬的死，他更是无法释怀。这位心地纯良的女孩，虽非亲生妹妹，却始终像有血缘关系一样亲近，他早就视她为一家人。季铅侬对他产生爱情，他自然知道，这些年有意无意地在躲着这份爱。他不愿意去伤害她，不想让她纯洁的感情受到破坏。他很清楚，他对铅侬的情不是男女之爱，他不能欺骗她美好的夙愿，却又无法解释，唯有远离，任由她一厢情愿地单相思。但铅侬却因这份痴情丢掉了性命，这件事对他造成极具破坏性的心灵创伤。他认为自己就是杀死铅依的凶手。

他欠季家兄妹的，这辈子已然无法还清。

他无法想象凶手究竟是一个什么样的角色。不过，从行凶的手法来看，杀死菊花的应该也是此人。羽生白川说过，凶手使用的是一种特制的暗器，偏圆形、边界均匀光滑，直穿眉心。他刚刚听说后，浑身泛起过一丝寒意。这样的暗器，对于其他人来说或许很陌生，对于他而言却并非新鲜。他见人使过这样的暗器，而且手法高明，也是直穿眉心。

那个人，是他的父亲江闻天。

二十二

　　大华电影院里，灯光依旧昏暗如常，屏幕上播放着赵丹、周璇主演的《马路天使》。台下还是三三两两的观众，散坐于房间内各个角落。唯一改变的，是放映员的排班表里，再也没有了季铅侬的名字。

　　秦苑梓与女扮男装的上官玉灵，还是坐在最后一排的老地方，一前一后，聊着属于她们自己的秘密。这一回，完全是以秦苑梓的个人诉求为主。她说在救娘姨这件事上，如果没有她在娘姨的饭菜里放入"百香果"，就不可能骗过星野太一和羽生白川，娘姨现在怕是真的死了。但杜九皋还没有兑现他的承诺，帮她找回江南毅的爱。她说杜爷在江湖上呼风唤雨，想必也不会做出尔反尔之事吧？再说，这对谁都没有好处。上官玉灵听完她的讲述，很平静地说杜爷一直没有忘记你的这件事。他也是过来人，从感情上非常同情你的遭遇。他在努力地想办法满足你的要求。不过，这件事光靠他一人发力怕是事倍

196

功半，解铃还须系铃人，也需要你做出一些努力才行。秦苑梓说你们这是找托词故意打太极，我能做什么？难不成让我拿枪逼着江南毅就范吗？上官玉灵还是平静地说你听我讲完，心急吃不了热豆腐。杜爷的意思是得找到一条一劳永逸的办法，让江南毅永远成为你的人，否则就算得到他，也会再次失去。秦苑梓问是什么办法，上官玉灵说只要你帮助江闻天江南毅父子二人重修旧好，江南毅继承了江家祖业，江闻天就一定会给他找家里的女主人，到那个时候，杜爷就去找江闻天，推荐你成为儿媳妇。凭杜爷与江闻天几十年的师兄弟关系，他的话还是很有分量的。等你当上江家的女主人，那就与江南毅生生世世都在一起，再也不分离。这条星光大道，真是为你量身定制的，连我这个曾经喜欢过江南毅的女人都羡慕。

秦苑梓觉得倒有几分道理，刚刚燥怒的心有些放了下来。上官玉灵接着说不过要做到这一步，首先就是我刚刚说的，捋顺江家父子的紧张关系，让江闻天对江南毅满意，让儿子不再记恨父亲。这就需要把握住江闻天最在乎的事，消除他的疑虑。秦苑梓问江闻天最在乎什么事？上官玉灵说他最敏感的就是江南毅替日本人做事，当汉奸。而你也是为日本人工作的，你们这样的状态要想得到江闻天认可，那不是比登天还难吗？唯一的解决方案，就是你要想办法让江南毅离开七十六号，不再替日本人卖命，同时你也不能再干这一行当，并且永远脱离。秦苑梓说那日本人能放过我吗？上官玉灵说那就看你的能耐了，鱼和熊掌难以兼得，我的话只能说到这个程度，孰轻孰重，问问你的内心吧。

上官玉灵走后，秦苑梓窝在座位里，看着《马路天使》里周璇扮演的歌女小红与赵丹扮演的陈少平两情相悦，每日隔窗相对却心有灵犀，那是无比幸福的体验。再联想到自己，与心上人江南毅整日低头不见抬头见，她对他始终如一，但他冷若冰霜，心的距离远隔重洋，形同路人。她不敢再往下深思，害怕出现生不如死的痛楚。上官玉灵刚才的那番话，如一剂猛药，直捣她心灵最深处，震得她从梦境回归现实。杜九皋不愧是老江湖，老辣独到，一语中的，巧妙地抛出鱼钩，等着她心甘情愿地上钩，自己还不用负任何责任。

一面是刻骨铭心的爱情归宿，一面是你死我活的身份变换，何去何从，离开电影院的那一刻，秦苑梓作出了决定。这一决定，将影响到她的整个人生走向。

就在上官玉灵与秦苑梓密谈时，羽生白川带着两名特工，来到杜九皋府上，礼貌地邀请他去特高课一叙。

"杜先生，久仰大名，我们特高课有事想请先生叙谈，不知先生可否屈尊给个面子？"

杜九皋不知道日本人的葫芦里卖的什么药："杜某与特高课一向是井水不犯河水，从未有过交集，我走我的阳关道，你们过自己的独木桥，各安其命，突然来这么一下子，敢问有何用意?"

羽生白川说:"杜先生误会了。纯粹是以棋会友,别无他意。"

"以棋会友?你也懂围棋?"

"不是在下,是我们的督导星野太一先生。他说跟您是老朋友,多年未见,特意想请您叙叙旧,望您千万不要推辞。"羽生白川说。

杜九皋一听,心中已明白几分,知道这鸿门宴是非赴不可了。他一向信奉"兵来将挡,水来土掩"的道理,灾祸要来,躲是躲不过的。

"我们的确是老朋友,再熟悉不过的老朋友了。既然是他想见我,那杜某恭敬不如从命吧。我也早想找人切磋棋艺了,他可是一个很合适的对手。走吧。"

杜九皋离开之后,过了小半个时辰,一辆同样的黑色轿车开到杜府门口,一个与杜九皋长得一模一样的男人下车,大摇大摆地走进杜府。他见到管家,说车行至半程,日本人的计划临时有变,说请他过两日再去,便送他回来了。他的体态、身形、行为举止以及语气语调,都与杜九皋高度一致,管家没有感觉到任何异样,丝毫未产生怀疑。他走进空无一人的书房,从怀里取出一根小铁丝,轻易地打开内室的锁,进去以后,关上门。二十分钟以后,他离开内室,从另一扇偏门出了杜府,不知去向。

与此同时，真杜九皋正坐在星野太一对面。两人之间，摆着一张围棋棋盘和两盒棋子。

杜九皋近距离地观察星野太一，这位故人依旧保持着当年的那股狠劲，以及日本人独有的不撞南墙不回头的执拗。他想起那年为了不让星野太一成为鬼棋圣的徒弟，与江、季二人一起动手殴打他，那场景至今还是很清晰。从那时起，梁子就算是结下了。这么些年，他以为再也见不到这个日本人了，未承想又以笑面虎的姿态突然出现，着实是来者不善。联想起当年的故事，杜九皋的第一感觉，星野太一就是冲着天籁棋局来的。

"杜老板别来无恙，一别许久，不知可还记得在下？"星野太一直接发问。

杜九皋装傻，答非所问，含沙射影："杜某人一向独来独往，只是关注自己的那一小摊子事，别人家的生意从来不会去惦记。"

"杜老板果然是宝刀未老，尚未出鞘就预谋见血封喉，佩服佩服。"

"不知今日请杜某人前来是何要事？如若无事，便即告辞，家里那些弟兄虽然个个也算能干机灵，但毕竟不可群龙无首，何况都是一帮愣头青，下手也没个轻重，万一他们发现我长时间不在，着急起来，怕是整个上海滩也要震一震的。"杜九皋绵里藏针。

星野太一微微一笑："杜兄何出此言？今日请您过来，不过就是切磋棋艺，品酒论道，美事一桩，何谈刀光剑影你死我活？就算杜兄真想以武会友，特高课和七十六号的人虽然不及帮会人多势众，但时与势在我们这一边，我为刀俎，你是鱼肉，上海滩就算要震，震源也是该我们发起才对。"

杜九皋明显感到对方的来势汹汹，就是为报当年之仇而来。不管是明枪还是暗箭，既然明晃晃地直射过来，就硬生生接住，避也无用。

"既然你喜欢下棋，杜某也略通一二，就陪你玩上一玩。"杜九皋索性顺势而为，看看星野太一到底想要什么花招。

二人随即布局落子，你来我往。星野太一棋风凌厉，如雪地里的一把悍刀，刀刀直逼致命要害；杜九皋攻守自如，好似挥舞一把绵长不绝的太极剑，四两拨千斤，险象环生却游刃有余。二人势均力敌，拼棋力又谋智勇。不知不觉间，一盘棋从旭日东升直下到月落乌啼。

杜九皋暗暗吃惊，星野太一并未入鬼棋圣之门，棋风却与之颇为相似，形神兼备，与得其真传一般。这是何故？当年星野太一挑战鬼棋圣惨败吐血，后来又找上门，求其收为弟子，遭拒未果并挨江、杜、季三人暴打，之后销声匿迹，再无音讯。他与鬼棋圣，仅仅对弈过一盘棋，难道仅凭苦心钻研这区区几百手，就琢磨出鬼棋圣的棋技？如若不然，难以解释他现在的棋路。委实不可思议。

他思至此，突然停手："你我已下了大半天有余，胜负未分，杜某人累了，要告辞。算你赢吧。"

星野太一笑道："杜老板可不是会轻易弃子投降的人，是不是在下哪里招待不周？"

"言重了。平常事务繁多，疏于健体，气力跟不上了。再会。"杜九皋站起身，转身离去。

"杜老板，门外有车恭送。"星野太一竟不强留。

"不必，我自有办法。不劳烦。"

星野太一一直盯着杜九皋的身影，直至消失不见。然后，他缓缓起身，回到房间，转动墙角的一个开关，墙体徐徐打开，露出里面的一间密室。密室里，站着那个假杜九皋。

星野太一盯着那张脸看了良久，脱口感叹说："尊下的易容术当真是出神入化，不亲眼所见，的确难以置信。"

那人从怀里掏出一个布袋子，鼓鼓囊囊的，递给星野太一。星野太一打开，伸手进去，随便一摸，摸出一颗晶莹剔透的围棋子，一边仔细端详，一边说："青目棋子，名不虚传，名不虚传啊！"随后，他像突然想起什么，看着那人问道："你就这样堂而皇之地走进杜九皋书房，明目张胆地偷梁换柱，他如果发现了，难道不会怀疑到你头上吗？"

那人冷笑一声："就算他发现青目棋子被调包，也只会去怀疑他的那两个师兄弟江闻天和季鹤鸣，而且这在情理之中。最有可能觊觎天籁棋局背后那宝藏的，就是他们三人。

当年鬼棋圣怕他死后，这三个徒弟因财大动干戈，才将破解棋局之道设计成三部分，每人只掌管其中一环，让他们去盲人摸象，难见全貌。玉绒棋盘、青目棋子、残局走通之法，分别代表天、地、人，季鹤鸣管天，杜九皋掌地，江闻天御人。除非三人一条心，齐心协力，否则绝无破局可能。而古往今来，师兄弟一条心的，少之又少，鬼棋圣深谙人性之道，知道这人必是各怀鬼胎。何况鬼棋圣去世之前，单独跟每个人说过什么，只有当事人自己知道。鬼棋圣一生都在布局，就算人在黄泉，生者也难逃他的掌控。真是高明至极。而我，不过是一个若隐若现的影子，除了你，没有人知道我的存在，他们又怎会察觉？更遑论怀疑了。"

此人竟有这样的城府和见识，出乎星野太一的意料。交往这么久都未察觉，他不禁有些刮目相看，也顿时生出戒心："先生一番高论，领教了。那接下来这步棋该如何走，还望赐教。"

那人言道："玉绒棋盘和青目棋子已均在你手，只要有了残局走通之法，你就可以破天籁棋局，获得宝藏了。不过，取此法之道，与之前不同，靠偷靠抢靠变脸，怕是难以逼江闻天就范，他是什么样的人，我比你了解。要想让他撂，唯需一个字，那就是'绝'。"

"绝？"

"逼至绝境，退无可退，他自然顺从。"

星野太一若有所思地点点头。他看着手中那荧光闪闪的青目棋子，想到不久的将来会有更加惨烈的一番角逐，像一匹饿狼见到久违的肉，贪婪地笑了。他明白，找到宝藏，很可能也就见到了那张铀矿地图。

二十三

　　杜九皋回到宅邸，发现管家的眼神有些异样，心下起疑，询问之下，管家说起白天之事，他立刻意识到有人假扮成自己的模样来过。他疾进书房，启动暗门开关，发现那些青目棋子果然一个不剩，尽皆丢失。他竟未有任何惊慌之色，冷笑着自语道："我果然是有先见之明，早预料到会有这么一天。星野太一派人偷走假棋子，不会有好果子吃的。"

　　久历江湖数十载，他一眼就看出这事是星野太一指使的。这东洋人美其名曰请他弈棋，离开府邸这么久，实则是调虎离山。只是不知道他派的这人是什么来头，易容术还真是有两下子，能骗过精明的管家，如入无人之境，是个厉害的角色。

　　他走到房间拐角处的一个书架旁，从里面取出一本《史记・世家》。这本书的中间挖出一个大洞，里面用一颗一颗的棋子填满，有黑色的，也有白色的。他掏出其中一颗，端详起来：长得很普通，材质一般，无光泽，上面还有些脏兮兮的斑点，十分不起眼。

这是真正的青目棋子。

杜九皋的脸上，满是嘲讽的笑，是对盗棋之人的轻蔑："师父说过，那些最被人瞧不上、最容易忽略的东西，往往有可能是最高级、最有价值的。买椟还珠这么简单的道理，那些凡人是不会明白的。"

他现在最担心的，是大师兄江闻天。日本人的目的是破解天籁棋局，这已再明显不过。一定是有人在暗中帮星野太一，此人了解师父鬼棋圣，了解他们师兄弟三人，了解很多历史。他想象不出此人究竟是谁，但无疑是相当可怕甚至是从未遇到过的对手。若不出所料，这个人肯定找过季师弟，使用过手段。凭季师弟的聪明劲儿，他肯定不会交出真的玉绒棋盘。但对方一旦得到假的棋盘棋子，接下来的目标就是大师兄。而且，他们会利用江闻天的软肋——江南毅。

杜九皋想去找江闻天，帮他离开上海避一段日子。不过，以他对江闻天的了解，他知道去了也是徒劳。江闻天那样心高气傲之人，是宁可死在日本人的枪口下，也不会去逃命的。从结为师兄弟那天起，他就知道大师兄是硬骨头，硬到令对手胆寒心颤。但愿，这一次，他也能令日本人丧胆。杜九皋面对关公像，心里默默地替江闻天祈福。

杜九皋的担忧并非空穴来风。江家的暴风骤雨，真的要来了。

江南毅出院的当日，在日军医院门口，遭到几名枪手偷袭。枪手明显是经过严格训练，枪法身手都很过硬。可惜的是，他们被早就埋伏在四周的日本特工候个正着，除了一人受伤被捕，其余人都当场毙命。羽生白川是这次行动的负责人，他对江南毅说不好意思让你当了回诱饵。江南毅问这是怎么一回事，羽生白川说听他在抗日锄奸队的线人讲，最近锄奸队要实施一个暗杀计划，目标就是江南毅，据说是有人专门找锄奸队高价买江南毅的命。江南毅问是谁，羽生白川指着那名被俘者说，带回去问问就清楚了。回到七十六号以后，那人经不住严刑拷打，很快招供说是一个女人找的他们。根据他描述的样貌，江南毅知道那人是二姨太。

羽生白川气急败坏，又有些犯难，说南毅君你们中国文化不是讲究家和万事兴吗？你的养母、你爹后娶的这位姨太太为什么要置你于死地？安的是什么心？我是抓还是不抓？抓，对你实在是没有办法交代；但她涉嫌反日，若不抓，怎么对得起特高课和七十六号的规章制度？

"抓！必须要抓！"星野太一的声音传过来，"虎毒尚且不食子，她谋杀亲人，罪不容诛，再加上勾结反日组织，杀无赦。南毅君，我们这样做，也是在帮你，替你清理门户。亲人变仇人，你不杀她，下次她便还要杀你，不如斩草除根才是正理。"

江南毅意识到，星野太一借二姨太的这件事发难，有更深层次的不可告人的目的。他如果提出反对意见，定然受到怀疑，除了先顺势而为再另想对策之外，暂时没有更稳妥的办法。

　　"星野先生所言有理。家中出此叛逆之人，南毅惭愧至极。江家一向与反日组织毫无瓜葛，不知她是怎么联系上那些人的，需要详尽调查。我先表个态，但凡发现江家有任何人反日，该怎么处理就怎么处理，我江南毅全力支持，绝无二话。"江南毅说。

　　羽生白川说："南毅君，这件事由我们来处理。你就不要插手了，当作什么都不知道，不然那个家你就真回不去了。"

　　"多谢羽生兄和星野先生体谅理解。在这个地方，要做好一件事，做明白一个人，难。但我的心绝不会改变。"

　　羽生白川让江南毅还是将精力放在研究所的事情上，原子弹研发才是重中之重。"关于铀矿的事，星野先生有了重大进展，我们很快就能找到所需的原材料了。等原子弹研制成功，你就是帝国的功臣。到时候，你们江家，就是上海滩至高无上的荣耀。"

　　当天傍晚，江南毅违反常规联络方式，冒险启动紧急预案，见到老于，就当前的危机作了详细汇报。老于说趁日本人还没有动手，今晚赶紧派人带二姨太离开上海，江南毅说来不及了，星野太一已安排多名特工密切监视江家，之所以还没有行动，是想抓条大鱼。抓的那个活口，叛变后被放了回去，他们要用此人钓出锄奸队的负责人，一网打尽。而那名负责人，正是二姨太的远房亲戚。

"坐实了反日罪名，你爹也要牵连其中啊！"老于不无担忧地说。

"我认为星野太一的目的，并非灭掉江家，而是想以此事要挟，得到老头子掌握的一件物事。"

老于问是什么物事，江南毅讲了天籁棋局的来龙去脉，以及羽生白川提到铀矿志在必得的情况。他分析说，星野太一想必已获得棋盘棋子，就缺残局走通之法。江闻天，是他最后一个需要攻克的目标。

江南毅说："他正愁缺乏有力的把柄制约老头子，二姨太鲁莽的暗杀行动，恰好提供了一个近乎完美的借口。他会用江家全家人的性命为筹码，威胁老头子。对他而言，是踏破铁鞋无觅处，得来全不费工夫。"

"你们家二姨太怎么这样糊涂啊？唉，也怪你扮汉奸扮得太像了。"老于苦笑道。

"二姨太不过是推波助澜的那个人，真正的始作俑者，应该是我大哥江北流。"江南毅无奈地苦笑。

"你大哥？你们可是亲兄弟啊，他为什么要杀你？"老于说。

"一言难尽。"江南毅说一切都因季铅依之死而起，杀死季铅依的凶手是解开所有谜团的关键。他对老于说，这个凶手了解江家季家的过去，大概率就是我们身边的某个人。他请老于帮忙秘密调查与江家有过关系的所有人，深挖他们的历史，重点查谁学过武功、练过易容术。江南毅说，凶手就在这些人当中。菊花很有可能也是此人所杀。

"如果确实如你所说，那这人隐藏得相当深，但他的目的究竟是什么呢？"老于问道。

"可能性太多了。也许是觊觎江家财产，也许是追求那笔宝藏，也许是过去与江家就有世仇，不管是哪种结果，这个人比星野太一更可怕。他就像一个影子，无处不在又捕捉不到，躲在暗处伤人，不揪出来这颗定时炸弹，江家就永无宁日。"江南毅说。

江南毅还请老于帮忙关注江家的动静。他说日本人马上要对二姨太动手，这个女人固然不是他的亲生母亲，但毕竟也是一家人，他不能看着她受到伤害。但以他目前的处境，已不能再出面干涉，否则星野太一定然怀疑。

老于说："你放心。若江家遇到什么事，我第一时间通知你。咱们一起想办法渡过难关。"

老于的这些话，成为江南毅永远的奢望，也成为老于生前与他的最后一次谈话。他告别老于之后，仅仅过了一个时辰，羽生白川带人找到这里，抓走了老于。

老于暴露的直接原因，是黄穆清在日本被捕。在他的书房里，日本特工找到没来得及烧掉的一封电报。羽生白川根据电报地址，顺藤摸瓜，找出了老于。万幸的是，江南毅并未在这次事件中暴露。黄穆清受尽了苦，但并没有叛变。

羽生白川抓老于的同时，星野太一也对江家采取了行动。放回去的那名叛徒果然钓出了锄奸队的负责人。他按照星野太一的指示，回到锄奸队，汇报说经过一番激战，死伤多人，仅存他一个，但成功除掉了大汉奸江南毅。负责人信以为真，夜半时分赶到江家约出二姨太，告知她这个消息。两人一见面，埋伏多时的特工一拥而上，精准捕获。二姨太哪里见过这等场面，吓得大喊大叫，早惊动江家诸人。江北流见日本人来抓亲娘，疯了一样乱打乱蹿，被一名特工一枪托打晕。江闻天见江家突遭大难，毫无心理准备，情急之下施展功夫打翻多名特工，夺了一把手枪顶在羽生白川的脑袋上，但敌不过对方势众，几名日本武士挟持住江北流、江海霓、阿四叔、二姨太等人。僵持数分钟后，为保全家人性命，江闻天扔了手枪，说我跟你们走，不要伤害他们。星野太一命令带走江闻天、江北流、二姨太、锄奸队负责人等四人，并警告其余人等不得反抗，否则当场格杀勿论。

仅仅一炷香的工夫，江家分崩离析。

当晚，锄奸队负责人惨遭处决。星野太一命人备出一间上好的屋子，单独关押江闻天，专人二十四小时看守，任何人不得接近。江北流和二姨太关进正常的监牢，分别单独关押，不提审不刑讯，吃喝供着。他又让羽生白川派人通知江南毅，明天开始暂时不用来七十六号上班，直接派车接他前往郊外的核物理研究所工作，并以安全考虑为由，从明天起对研究所实行封闭管理，重兵把守，人员许进不许出，目的就是封锁消息，不许江南毅知道今晚发生的事情，以免又节外生枝，冒出什么事端。

这一切都安排好之后，星野太一要正式开始他的表演了。

在江家，留下来的其余人等乱成一锅粥。江海霓不过是一个涉世未深的女孩，从未经历过这样的大难，眼见爹和大哥等人被日本兵强行抓走，生死未卜，吓得浑身发抖，惊魂未定，蹲在地上一个劲儿地哭，两腿软得站都站不起来，还是阿四叔硬生生地半抱着她回了大院。搬来有一段日子的季鹤鸣，听见外面动静，踉踉跄跄地跑出来，嘴里咿咿呀呀的，想说什么却说不出来，鼻涕眼泪横流，纯粹疯子的作态。不知为何，他自打住进江家以后，嗓子就说不出话来，变成一个哑巴，每天见人就胡乱比划手势，眼里冒出愤怒的光，却没有人看得懂。江家的厨子、保姆及一干远房亲戚，此时遭逢剧变，也是神态行为各异。有跌坐在地上当场吓哭的，有没头苍蝇一般逃离江家再也不回头的，有站在大街上哇哇大叫喊着江家出大事的，还有呆若木鸡吓得一句话也说不出来原地傻掉的。

一个百年名门望族，一夜之间从天到地，如乘过山车，震惊上海滩。接下来的几天里，上海的街头巷尾、弄堂小宅、豪门大堂，都在议论同一件事：江闻天栽了，栽到自己的儿子手里。他儿子江南毅是个大汉奸、卖国贼，比历朝历代所有的卖国贼都坏，古时候数得上来的那些坏蛋王八蛋，像秦桧、吴三桂，官做得比江南毅大得多，但比不上江南毅坏，比不上江南毅狠。那些人胳膊肘再往外拐，也不会侵犯自家的大门，不至于向亲生爹妈动手，起码还有三分底线，江南毅呢，釜底抽薪，毫无人性，为了功名利禄，六亲不认，深深伤害了生他养他数十年的父亲，毁了与他朝夕相处数十年的兄长，以及从小崇拜他欣赏他的妹妹，还有那一大帮子与江家感情至深的人，完全违背了"人"之根本，畜生也不如。上海的大街小巷，甚至开始流传一首名为《上海头号败家子》的打油诗："江家二公子，天生白眼狼。甘当卖国贼，做尽坏勾当。猪油蒙了心，专整家里人。先杀老阿姨，再弑亲爹娘。杀人不眨眼，忘恩负义郎。败家大汉奸，人人得以诛。"

江南毅遇到前所未有的信任危机。这危机的危险系数如指数般上升，逼着他走向万劫不复的绝境。

二十四

江闻天记得，上一回如此专注地观察星野太一，还是好多年之前。那时，他们都只是涉世未深的年轻人。就因涉世未深，不懂人世间险恶，他与两个师弟一起殴打了前来拜师学棋的日本青年星野太一，只因看不惯他目中无人，竟敢挑战师父鬼棋圣的做派。历经沧桑，已至古稀之年时，回想起当初的行为，着实鲁莽了些。若遇到的是其他心思简单的人，或许此事就过去了，但他遇到的偏偏是城府颇深又相当记仇的星野太一，足足记了四十多年。看来，今天江家遭到灭顶之灾，都是源于当年的这桩仇。

江闻天想：这也是命中注定要遭此大劫。

他的预测是准确的，星野太一此次与他过不去，一是报当年之仇，二是要他手里掌握的那残局走通之法。他若不详细讲出此法，不仅自己的命要丢，全家都会完蛋。

星野太一说："江老先生，咱俩也算老相识了。四十多年前，咱们就见过。"

江闻天说："星野太一，我知道，当年那件事你耿耿于怀，我可以理解，当时我年轻气盛，有些冲动。你记仇，可以直接单独找我，你想怎么着报复我，都行。如果你想杀我，可以随时动手。但中国古话讲，一人做事一人当，你不要牵累我的家人，他们没有错。请你立刻放他们回家。"

星野太一笑了："江老先生，您真是误会我了。我从来就不是一个记仇的人，那件小事我早就忘了。我请您来呢，的确是您家的二姨太，也就是您的太太，她接触了反日组织的人，还试图杀害我们七十六号的同事，我们必须要抓她。这是没办法的事。还望您谅解。"

他的表现，令江闻天有些吃惊。当年认识的星野太一可并非这样冷静可怕。江闻天觉得，今天遇到了一个劲敌："反日组织？呵呵，星野太一啊，想必你之前一定仔细研究过我这个人，应该很了解我一向最痛恨什么。我最恨的就是你们这帮侵占人家领土霸占人家妻儿还不知廉耻地说什么两国友好的倭寇。莫说你污蔑我们家二姨太与反日组织有关，如果要真能认识这样的人，我倒真想结识结识。我头一个想请他们杀的人，就是你。"

星野太一并没有动怒，依旧平静地说："您愤怒的心情我完全可以理解。不过，您难道不想知道您太太要杀的人，他到底是谁吗？让我来告诉您，他就是您的儿子江南毅先生。而且，想要杀他的人，不仅是您的太太，还有您的另外一个儿子，江北流先生。"

江闻天脸色有些发白，沉默半晌，吐出三个字："不可能。"

"很遗憾，江老先生，事实就是事实。您如果不信，我可以请他们过来，您当面问。"星野太一见江闻天的情绪出现了波动，继续施压，"我作为一个了解中国文化的人，也不愿意看到这样的事发生。我知道这件事对您的打击有多大，您一时难以接受，实在是很正常。可不得不说，您的大儿子江北流先生实在是不够争气，完全没有继承您的肚量和胸襟，据我所知，他一直嫉妒弟弟江南毅，恨他霸占了您所有的爱，恨自己无法继承您的祖业。在中国古代的历史上，兄弟猜忌的事不胜枚举，您纵然是一代宗师，超然世外，而您的儿子却依旧未能免俗。作为一名旁观者，我真是感到十分痛心。"

江闻天缓缓地说："你究竟要怎么样？"

星野太一见有了效果，心中暗喜："江老先生，我十分敬佩您的学问人品。打个不恰当的比喻，我与您的交锋，好像三国时期的两个人物，司马懿和诸葛孔明。您自然是卧龙，隆中高卧，胸中韬略万丈。我有自知之明，自比司马仲达，狡诈阴险，不如您有大才。按理讲，我是敌不过您的。但历史证明，诸葛亮再足智多谋，也不应天时，不接地利，

216

不连人和，司马家族最终成为历史的主宰。这盘棋，您还是要输。"

"星野太一，你少跟我卖弄。要杀要剐，直说。"

星野太一说："按惯例，涉嫌反日之人，一律枪决，本无例外。但因为是您，我们决定网开一面。只要您配合，您太太和儿子的罪名可以一笔勾销，就当什么都没发生过。"

江闻天说："你要我跟那逆子一样去当汉奸？我告诉你，请死了这条心。"

"您别急，我的话还没说完。您又误解了，我们并不需要您像江南毅先生那样做事，您和他不是一类人，我们怎敢强求？我们不过就是想跟您要一样东西罢了。只要您给我们，万事好商量。"

他看到江闻天露出疑问的目光，解释道："天籁棋局，众所周知的传说。我一向痴迷于棋艺，其实只想知道走通那残局的办法。不用我多解释，您应该懂。"

江闻天终于知道了星野太一的真实目的。其实他早该想到的。

"做梦。"他吐出两个字。

星野太一静静地盯着他，数秒钟之后，站起来说："我明白您的意思了。打扰。"

他离开了房间。

一小时后，江闻天清楚地听到二姨太惨叫的声音。日本人在用刑。那叫声里还夹杂着江北流的说话声，是哀求？是怒吼？儿子的声音越来越近，近在咫尺，就在眼前。江闻天猛一抬头，看见蓬头垢面浑身是血的江北流，被两名日本特工推倒在他面前。

江北流满脸的肌肉都扭着，眼珠子里散发出江闻天从未见过的哀怜和恐惧。那是看到生母受刑时精神的崩溃，那是日本人威逼利诱之后意志的崩塌，那是软弱天性暴露出来的举棋不定。显然，他屈服了。

"爹！你快说了吧，爹！"

听到这近乎求饶的声音，江闻天先是震惊，随即转为恨铁不成钢的巨大愤怒。他辛辛苦苦培养多年的大儿子，竟然是个软骨头，还软得这样彻底。他顿觉受到了强烈的欺骗，气血上脑，扬起大手，狠狠地打在江北流的脸上，那劲道之大，直接打穿了儿子的右耳耳膜。江北流飞出两米远，爬起来的时候，一只耳朵聋了。

江闻天的这一巴掌，是彻底绝望的发泄。两个寄予厚望的儿子，一个变成倭寇的帮凶，执迷不悟，屡犯逆天大罪；一个沦为贪生怕死的废物，如行尸走肉，活着还不如死了。他不禁扪心自问：这一生究竟是哪里得罪了上天，偏要遭到致命的惩罚，几次三番，看来是非要逼他和季鹤鸣一样，成为彻头彻尾的疯子。

星野太一走进来，看着捂着耳朵吓得快成傻子的江北流，叹口气说："唉，江老先生，你办事竟这么轴，难怪儿子们都跟你不是一条心。算啦，那我就公事公办吧。"他一招手，示意带江北流出去，与二姨太一起，准备枪决。

"等一等。"江闻天说。

他异常艰难地站起来，一步一步地挪到星野太一面前，看着对方说："你要的，我给你。"

当天午夜，星野太一来到位于静安寺附近的一座小宅。这座住所，是他早年来上海买下的，并找能工巧匠做过精致设计与翻修，就是为了有朝一日在他处理秘密事宜时，可以派上用场。今天，这日子终于来到。

他站在屋外，对天焚香祷告，然后走进屋内，在卧室东南角扳动一块地砖上的机关，进入墙体背后的一间密室。密室的布局很简单，偌大空间的正中央，摆放着一张巨大的檀香木五角桌，每一角分别陈列着金条、木剑、装满水的水盆、小火炉、一块土坯，象征金木水火土。桌子正中央，是那擅长易容之人从季鹤鸣杜九皋处得到的棋盘棋子。星野太一从怀里掏出一个叠好的千纸鹤，展开以后，上面写满密密麻麻的字。那是江闻天写的天籁棋局的走通之法，名为"大雪崩内拐"：

右下黑二十五手粘于二十七位，白棋将退二十五位。选择二十五位连扳，预备引征。左上白三十二手起走成大雪崩定式，但黑三十七手如既成定式外拐，已据左部边星的黑棋即下成凝形。

　　黑五十三手下，也应考虑跳于五十八位，发展成白五十四位跳的走向，不过黑方选择行棋上边，右下白棋显示出厚形，因此以舍弃黑棋三子的方针，行五十三至五十七诸着。白棋不跳五十四位，直接下五十六位小飞的话，黑棋将行五十八位跳，接着白棋拆于上边五十七位，此时黑A位、白B位、黑C位，小飞遭冲断。

　　左下黑五十九手压，意图抹消右下白棋厚味之手段，白六十手要六十一位立，黑D位顶、白六十位拐、黑七十三位长会成黑棋的理想趋势。

　　由是白棋扳走气合，黑棋断有白棋立，走成高目定式，而白棋打吃适切。

　　黑七十五手下一着刺，意图让白棋八十七位粘上，而后自己行至右边A位侵消白棋模样的行动。对白八十手托、八十二手夹，黑棋若八十五位粘，白八十三位则正合白方之意。由是，黑棋八十三位顶同样抵抗便顺理成章。

　　白八十四退貌似平和，却可引来暴风骤雨。这一手该选九十位冲出，迎黑八十四位拐与之一搏。

至此一看，各类变化也已生出，到了抉择艰难的时刻。

白九十二手要是跳九十九位，黑棋便占九十二位。

黑一至白八是必然的手顺，黑棋得以走出厚味，右边白棋模样便在未发挥威力之时，迎来终结。

星野太一由衷地感叹道："巧夺天工，叹为观止。鬼棋圣真乃天才也！"

他仔仔细细地洗过双手，小心翼翼地按照天籁棋局的摆法，一颗一颗地摆放棋子于棋盘上，随后根据江闻天的走法，白棋一步，黑棋一步，走完了这盘残局。棋盘上呈现出完全不同的布局。

星野太一疑惑起来："残局已然走通，然后呢？"

他突然想起什么，拿笔在纸张的空白处写起来：

棋路醉中现，黑白乱世间。一朝开玉门，富贵赛王贤。

这是与天籁棋局的传说一起流传下来的那首古诗。他想：诗与宝藏是不是有什么必然联系？棋路醉中现，黑白乱世间。这是什么意思？"玉门"又指什么？

他蓦然发现，原来自己目前只完成了一半的工作。过去光想着如何获得棋盘棋子，想着如何走完残局，竟然没想到走通以后的事。难道宝藏会直接从棋盘里蹦出？真是太傻了，这最重要的一点，怎么就偏偏忽略了？

越聪明的人，有时候越容易陷入一根筋的思维模式，分析问题时存在逻辑的盲点，相当于为自己挖了一个坑，不经旁观者的提醒，很难从里面拔出，以至于一直走下去，做出在外人看来特别傻的蠢事。

这事，看来还得去问江闻天。

不过，这一回，星野太一没有直接去见他，而是先去核物理研究所找到江南毅，告诉他江家这两天发生的一切。他讲述得异常平静，好像在说一件很平淡很普通的事，一件和江南毅完全没有关系的事。他就是想瞧瞧江南毅的反应。

每一个字，在江南毅听来，都无异于一次火山爆发。短短几天时间，家人的命运出现天翻地覆的变化，他却没有接到老于的报信。

老于出事了。

"星野先生，辛苦您了。感谢您做的一切，帮忙清除了家里的坏人。不然我现在已然身首异处，从某种程度来说，是您救了我的命。二姨太勾结反日组织，犯了大罪，您该铁面无私，论罪处刑，我不会有二话。至于我的哥哥，他是受二姨太唆使，应不会有反日倾向，何况我并不恨他，虽同父异母，但从小感情很深，如可网开一面，望您关照。关于我的父亲……请您定夺吧，不必征求我的意见。不过血浓于水，我也不想成为失去父亲的人。我的要求或许有些过分，但还是要再次感谢您。"江南毅深深鞠躬，心里却像浇了一大瓶硫酸，烧得痛彻心扉。

星野太一听完，觉得找不出什么疑点。黄穆清是共产党，作为他的得意门生，江南毅究竟与之是否有牵连？他是不是带着任务来潜伏的？前段时间，他通过暗杀金绍华、抓娘姨等事，接受并通过了考验，不太像是伪装者。但黄穆清的事情，又让人不得不产生联想。从刚才的回答来看，他说得还算是入情入理，对家里人遭难的态度，并非冷血动物一般不管不顾，而是尽了人之常情之道。这恰恰说明，此人的表现应该真实可信，并不是为了掩盖某种身份故意表明忠心。

"江先生放心，我一向非常敬重令尊江老先生，绝不会为难于他。请他稍住几日，便即放回。令兄与二姨太做的事，触犯了底线，但既然江先生不再追究，我们也不便再管。规则都由人定，不必死板拘泥，你们中国不也讲究'变通'二字吗？"

星野太一的这番表演，令江南毅想起《论语》里的一句话："巧言令色，鲜矣仁。"

临离开前，星野太一又补充一句："羽生君刚在南京东路一百三十八号抓到一条大鱼，中共上海地下党负责人。他住的那个'瀚笙会馆'，装修得古色古香，很有文化底蕴。我甚是喜欢，打算改装成一间棋社，以后江先生工作之余，不妨过来，咱们借他共产党的地方，以棋会友。"

二十五

羽生白川见到老于的第一眼，就知道此人不易对付。接下来的几天里，更是让他领教了这个共产党人的意志。老于是他遇见过的唯一一位受刑时不发出任何声音的人。自始至终，老于都死死地咬紧牙关，怒目而视，如一尊金刚。当见到江南毅时，羽生白川感叹半天，说共产党的骨头都是钢铁制作的，坚不可摧，还认死理，一切审讯技巧都失去了作用。

"这人我是审不动了。南毅君，来得正好，你对付共产党比我有经验，交给你了。"羽生白川这样讲，是出于星野太一的授意。星野太一此刻正在旁边的一间屋子里，戴着耳机，听着他们的讲话。羽生白川虽百般反感类似的做法，但事关重大，不得不再次服从。从星野太一来到上海那天起，他就在心里诅咒他，足有上百遍，依旧不过瘾。

"羽生君，连一个共产党你都搞不定，别让我小看你哦！"江南毅有意调侃的同时，在想老于到底是怎么暴露的，"不过你够厉害的，听说是上海地下党的头面人物？你情报蛮灵通的，是秦处长提供的信息源？"

"我可没那么大能耐，这次可是日本那边来的线索。早稻田大学的教授竟是共产党，潜伏东京多年，叫黄穆清。江副处长，你认识吗？"秦苑梓不知何时出现在身后，说道。

羽生白川面色显得有些难看。倒不是他怀疑江南毅也是共产党，而因为是他向黄穆清要的江南毅，这一来算是打了自己的脸。黄穆清也是他多年来尊重和佩服的一位大学教授，风度翩翩，温文尔雅，学识渊博，若抛开党派不论，算是很标准的一个"人"。而今却说他是抗日分子，其实羽生白川从情感上是比较难以接受的。但铁板钉钉，证据确凿，事实表明黄穆清还是老牌的中共党员，最早是跟着孙中山干，同盟会会员，后来共产党成立初期就加入，据说很有威望。他在日本待了二十多年，加上极擅交际，精通中日两国的历史文化，十分擅长把握日本人的心理。他的关系盘根错节，甚至军部的一些中高层都是他家的常客。谁也不知道他到底认识多少人，渗透到什么程度。这次暴露，是由于日本共产党的一位核心成员被捕，供出了他，否则以他的能耐，还可能一直潜伏下去。他一出事，江南毅受到怀疑是很正常的。

但直觉告诉羽生白川，江南毅是清白的。

当一个人接二连三地受到厄运的打击，他要么走向疯癫，成为精神的奴隶，要么变得更加理性，变成灵魂的主人。江南毅正处在这两个世界的中间地带，一只脚踏在左边，数以万计的奴隶们正死死地拽着他的脚，拉他一起陪葬；一只脚踏在右边，自由的精灵睁着懵懂的大眼，等着他自己选择成为他们中的一员，一起化身为冥河的摆渡者，主宰死神。黄穆清是他最敬爱的老师、最靠谱的上级、最善良的兄长，如今也落入敌人的手里。他现在最想知道的，是老师现在的处境。

"哦，秦处长，你明知故问。黄穆清是我的导师，你说他是共产党？我在的时候怎么没看出来？等等，你们不会怀疑我也是共产党吧？喔我明白了，你们是故意让我来审这个共产党的，为的是考验我，对吧？"江南毅指着锁在审讯椅里的老于，说道。

羽生白川忙解释道："南毅兄，你误会了。我们不是这个意思。"

"那是什么意思呢？"江南毅抢过话头，"你们不是不信任我吗？行，那我就证明给你们看。"他说完，快步走到老于面前说："你都听到了吧？他们不相信我，说我是共产党。为了自保，我必须用你来证明自己的清白。识相的话，你现在赶紧把你知道的事都说出来，不然的话，我保证你吃到的苦头比任何人都要多、都要大、都要狠。"

他的眼神和老于的眼神深度地融在一起，他告诉老于，再坚持一下，我很快想办法救你出去。老于却说，我不会连累你的。一瞬间，二人静默无言，却早已道出千山万水。

老于故意说："我认识你，你就是共产党。咱俩见过好几次，你都忘了？"

江南毅上去一个巴掌打得老于满嘴是血："我看你真是活腻歪了。"

秦苑梓蹲在老于面前，说："你说他是共产党，那我问你，他叫什么名字？你们在哪里见面的？都谈过些什么？"

老于冷笑道："江南毅，人人得而诛之的大汉奸，谁人不知，谁人不晓？我在大街上见过他好几次，每回都是耀武扬威，颐指气使，恨不能一枪崩了他！"

羽生白川松了口气，原来老于是在使诈。是他神经太敏感了，不能听到任何与江南毅有关系的负面消息。

江南毅看着羽生白川，一摊手，说："这人没用了，滚刀肉，毙了吧。"

老于惨淡一笑，说："不劳你们大驾。死亡这件事，何须他人代劳？人生自古谁无死，留取丹心照汗青。只可惜，我那年逾八旬的老母在老家无人照料，陷我于不孝。"话音一落，只见他上下颚用力一对，咬断舌头，当场气绝。

老于说的老母无人照料，是暗示江南毅回到瀚笙会馆，去找他留下来的东西。

江南毅的心，痛极了，但还得故作轻松地继续表演：

"羽生君啊，现在这共产党动不动就咬舌自尽，再没别的招数了吗？拉出去喂狗，别脏了咱们的风水宝地。"

羽生白川提醒他说："南毅君，要不要去看看你的家人？他们也在这里。"

从今天进入七十六号起，除了老于，江南毅心里就一直在想着被抓进来的家人。他来到关押二姨太的牢房时，看到二姨太蜷缩在角落里，目光呆滞，嘴角淌着哈喇子，傻傻地在笑。秦苑梓说这女人被折磨得疯了，挺好看挺优雅的一个阔太太，沦落到今天这个地步，都是自找的。他们又来到关押江北流的那间牢房，江北流见到江南毅时，竟然冲到门口，抓着栏杆，满脸哀求的样子，求江南毅放过他，说以前都是他的不对，是他的良心被狗吃了，求江南毅大人不计小人过，说只要放他和他亲娘回家，他绝对不跟江南毅争江家的祖业，一切都听江南毅的。他隔着栏杆，紧紧抱着江南毅的大腿，哇哇地哭起来，与其说是在哀求，不如说是恐惧和懦弱使然。江南毅感到有些厌恶，替大哥的软骨头感到悲哀，又觉得他很可怜。但他们毕竟是自己的至亲之人。老于已经不在了，外面失去了接应的帮手，他不知道如何才能救亲人出去。

秦苑梓问江南毅打算如何处理二姨太和江北流，这两人涉嫌谋杀七十六号的官员，罪孽深重，如果不介意的话，可否交由她处置。羽生白川急忙说这两名人犯可不比他人，怎么说也是与南毅君有血缘关系的，不可轻举妄动，还是让南毅君自己定夺。秦苑梓说我是替南毅君着想，他一向心软，下不去那个手，而且他一介书生，是研究学问的，当初杀金绍华都做成那个样子，太不适合干这种事，还是由我这个杀人不眨眼的女魔头代他去做吧。江南毅说既然秦处长这样有心，那就恭敬不如从命了。秦苑梓不依不饶，继续问他说那令尊江闻天老先生，你想如何处理呢？羽生白川说苑梓你要再说下去就不像话了。江南毅说秦处长随便，我早就跟他断绝了父子关系，要杀要剐我都不拦着。

　　江南毅已经做好深夜单枪匹马劫狱救家人的准备。事到如今，他真真正正步入绝境。黄穆清被捕、老于牺牲，在这个世界上，再没有人知道他中共党员的身份。他成了一枚不折不扣的死棋。除了未完成的任务，他已生无可恋。他计划先去瀚笙会馆，找到老于说的东西以后，就孤注一掷，拼死一搏。就算是付出性命，他也要把父亲、大哥和二姨太救出去。

　　此时，星野太一再度来到江闻天那里，询问那首古诗的含义。江闻天说该讲的都讲了，你就是现在杀了我也问不出什么。我们师兄弟三人，分别只掌握有关天籁棋局的一部分秘密，我就知道这么多，否则我不早得到宝藏逍遥自在去了，还轮得到你这个遭天杀的倭寇吗？星野太一判断他不是在说谎，看来要从江闻天这里获取进一步的信息是不大可能的。他有些败兴地回到住处，正琢磨着该怎么办时，响起敲门声。是那个擅长易容术的人。

"你跟踪我?"星野太一说。

"都到了这个时候，就请星野先生不要在意这些小节了。我也是为你好，何况棋盘棋子都是我帮你找来的，我有权知道你的下一步计划。先生不会想独吞宝藏吧?"那人说。

星野太一很恼火，但也一时找不出反驳的理由："你太小看我了，我对宝藏不感兴趣，我是在乎菊花留下的铀矿地图。只不过地图恰好与宝藏放在一起。"

"星野先生怎会如此肯定?"

"若非如此，如何解释菊花身后那棵大树上的四个血字?那是菊花临死前写上去的。"

那人哈哈大笑："星野先生，你还自称是通晓中国文化的人，难道不知道有一个成语叫惟妙惟肖吗?"

星野太一说："你的意思是，那四个血字是别人模仿菊花的笔迹刻上去的?"

"自然是这样。你再想想季鹤鸣女儿的死，有人模仿江南毅的笔迹，诱出季铅依。菊花和季铅依的死法一模一样，显然是同一人所为，想必这不用我说，你也知道。"

星野太一说："那又怎么样?"

那人说："说明真正可以解开天籁棋局秘密的，就是那个凶手。而凶手是谁，也很清楚。"

"是谁？"

"就是江闻天。"那人说。

星野太一一愣，转而哈哈大笑，说不可能是江闻天。一来他怎么会认识菊花？二来他杀季铅依的目的何在？三来他不可能嫁祸江南毅，那可是他最偏爱的儿子。那人说星野先生你错了，真正的江闻天自然不可能做这些事，但若一个易容成江闻天的人去做，不也相当于是江闻天干的吗？

星野太一闻言，登时警惕起来："你?!"

"不错，就是我。是我假扮成江闻天的模样，使用了江闻天的武功杀了菊花和季铅依。那几个血字以及那封仿制的信，都是我做的。江闻天的成名绝技'一苇渡江'，我可是练了很久才掌握的。"言语中，那人满是自负。

星野太一终于感受到此人的可怖之处："你为什么要这样做？"

"人各有志。我只想说的是，既然菊花是我杀的，那张铀矿地图自然就与天籁棋局无关，而是在我的手里。我写下那四个血字的目的，是为了借你们之手，找到那批宝藏。"

星野太一的脸色变了，眼睛里渐渐积聚起杀气。如果这个人所言属实，那他现在最应该做的，就是制住此人，逼他交出铀矿地图，然后再杀了他。

"你现在一定在想，如何制服我，逼我交出地图对吧？

别痴心妄想了，地图我不可能带在身边，你若杀死我，铀矿地图将成为永远的谜。何况，凭你的身手，未必杀得了我。"那人说。

星野太一仔细一想，确实是这么个理："你为什么要绕这么大一个圈子，让我们替你破解棋局寻找宝藏？"

那人说："这再简单不过。我势单力薄，就算得到棋盘棋子，也绝难从江闻天嘴里掏出残局走通之法。而你背靠特高课和七十六号，可以动用强大的军事机构替你卖命，我何不坐山观虎斗，坐收渔翁之利呢？"

"你的如意算盘打得可真精啊。"

那人说："谢谢夸奖。不精打细算，这几十年怎么熬得过来？"

星野太一说："你究竟想怎样？"

"很简单。咱们一起找到宝藏，你分我一半，我给你地图。非常公平划算的交易。"那人说。

"可惜的是，现在就算有了残局走通之法，还是不行，必须要破解那首古诗。"星野太一说。

那人笑了，笑得很丑："这一点，请你放心。因为，我知道古诗背后的玄机。"

二十六

　　翰笙会馆里，一片狼藉，显然日本人早搜了个遍。一二三楼历朝历代的古董都被抢夺一空，江南毅心想这日本人真是贪婪，假货也不放过。他挨层寻找，过了好久，终于在二楼西南角一个体积不大的衣柜上，看到一副对联：人生自古谁无死，留取丹心照汗青。

　　他打开衣柜，里面空空如也。打着手电细照，在柜子顶部右上方，发现一条很隐蔽的缝，细摸下去，在缝隙的终点处，找到一个很不起眼的小凸起，使劲一按，一块木板半垂下来，露出一个小小的柜中柜，里面放着一台录音机。江南毅取下来，戴上耳机，按了播放键，老于那熟悉的腔调仿如天籁之音，缓缓传来：

　　　　江南毅同志，我备下这段声音，是为某一日若遭遇不测，你不至于与组织失去联系。上海的环境

234

是非常险恶的，我们根本不知道下一秒会遇到什么样的危险，碰到什么样的事情。我们随时有可能为理想为信仰牺牲。

担任上海地下党负责人这些年来，我也算身经百战，见多识广，屡屡化险为夷，积累了不少宝贵的斗争经验。然而，这次有关天籁棋局的任务，是我见过的最诡异、最艰难、最难以找出头绪的一个。至今，我也无法从这流传几百年的传说中，找到特别有利的线索。

有两件事，我要告诉你。

第一，上官玉灵是为我们做事的人，值得信任。若有一日我不在了，你需要帮助，可以去找她。关键的时候，可以通过她找杜九皋帮忙。当年人贩子拐她，卖给一名无恶不作的纨绔子弟，后来是你失手杀了那人，救了她。这段情，她是永远记在心里的。但有一件事，你要注意，有线索显示，那个纨绔子弟的父亲一直都在上海，要找你复仇。他长什么样、现在是什么身份，我们还不清楚，唯一知道的是，他属于一个很厉害的角色。他在暗，你在明。你一定要当心。

第二，你在七十六号的搭档、过去的恋人秦苑样，她表面上是别人眼中的女魔头，但据我所知，

235

她内心是一位特别容易受到私人感情左右的女人。本质上而言，她并不适合当特工。她曾经多次与上官玉灵在大华电影院会面，想找回你对她的爱。她对你的感情，是胜过七十六号情报处处长这一职位的。因此，我认为，她是一位很有可能争取过来的对象。当然，我并不是说要你使用私人感情去利用她，而是希望你去感化她。

第三，你一定要想办法找到真正的玉绒棋盘、青目棋子，以及残局走通之法，只有那样，才有望破解天籁棋局。局破了，距离铀矿地图现身，也就不远了。

最后，我想说，认识你，是我人生中的一件幸事。你很像你的父亲。他是我最敬重的人之一。他对你的爱，不是你能想象的。希望你可以理解他，不要再伤他的心。

再见，我的朋友。但愿你永远不会听到这段录音。

老于似乎早就预感到命不久矣，留下绝笔。很难用准确的词语形容江南毅此时的心境，他已失去了思想，只剩下执着的行动，直至成功的那一天。

第二日的深夜时分，江南毅敲响星野太一寓所的大门。

这处地方很隐蔽，是老于之前跟踪星野太一发现的。江南毅的腰里，插了四把手枪，五只弹夹。他打算劫持星野太一，以其为筹码，换得江家人的自由。

敲门无人应答。江南毅掏出枪，猛然一脚踹开门，冲进去发现空无一人。星野太一不在家，房间里收拾得整整齐齐。不远的桌子上，摆放着一件貌似艺术品的东西，近瞧却是围棋棋盘与棋子，但有些特别，不同于一般的同类物件。棋盘棋子紧紧粘连在一起，棋盘上有一股浓浓的酒味，盘面隐约画着一条条高低不平的纹路，细瞧，是一幅地图，有山有水有林有洞，纹路绘遍了每一颗盘面上的棋子，棋子上标记着汉字，是地名。江南毅没太看懂，也未细琢磨，一心只想找到星野太一。逐间屋子寻一遍未果之后，他往七十六号赶去。

就在同一时间，秦苑梓与两名特工，来到关押江北流和二姨太的牢房门口，说："把门打开。我要提审犯人。"

看押的特工感到有些奇怪："不是刚刚审完送回来吗？"

秦苑梓提高嗓门："羽生白川先生又发现了新的重大线索，有问题要询问这两个人。打开！"

那名特工颇为狐疑，但又不敢不从，掏出钥匙，打开门。

秦苑梓身边的两名特工走进去，一人搀扶一个。江北流受刑过重，腿打折一条，二姨太精神完全失常，龇牙咧嘴笑着，满口胡言乱语。

秦苑梓冷冰冰地说："带走。"

三人离开后，那名特工左思右想，觉得不大对头，拿起电话拨通："喂，我找羽生白川少佐，有重要事情汇报。"

秦苑梓和那两名特工，带着江北流和二姨太，来到七十六号正门口，秦苑梓命二人上车，两名特工要跟上，她说你们两人不用去了，那一男一女残的残、疯的疯，我一人足够。她钻进驾驶座，发动汽车，朝郊外方向驶去。车子刚走不久，江南毅赶到，正撞上羽生白川带着七八名特工奔跑而来。江南毅暗暗一惊，想着是不是他要劫狱的计划被日本人发现了，正在想应对之策，羽生白川说出了大事，秦苑梓假传命令，私自带走江北流和二姨太，不知道要做什么。他担心秦苑梓因记恨江南毅，故意伤害江家人，故而赶来阻止，但还是晚了一步。他说南毅君你不要急，他们现在还走不远，我已命日本宪兵队在各个路口设卡，很快就会有消息的。

江南毅反倒有如释重负之感。直觉告诉他，秦苑梓不会对大哥和二姨太不利。他更相信老于的判断。他问起江闻天的情况，羽生白川说秦苑梓不知道关押江闻天的地点，江老先生安然无恙。江南毅想秦苑梓带走江家人，难道是要救他们？

正是如此。自从上次听了上官玉灵的话，秦苑就做出选择，下定决心站在爱情的天平上，用实际行动表明对江南毅的情，挽回爱人的心。她觉得只要救出江家人，江南毅就会回心转意。她本想救出江北流、二姨太和江闻天三人，但星野太一单独囚禁江闻天，地点相当隐蔽，地址实在难以找到。她只好舍弃。

秦苑梓一边开着车，一边想江南毅若知道是她救的人，会不会拉着她的手，温柔地看着她的眼睛，说："苑梓，是我不对。我们重新开始，好吗？"然后，她迫不及待地点点头，欢快地搂住他的脖子，说她毅然决然地与七十六号的身份决裂，从此告别汉奸的阴影，只与他在一起。她还要劝江南毅也离开七十六号，不再替日本人卖命，回到江家，向父亲认错，继承祖业，娶她为妻。她要为他生一个孩子，不，两个、三个，要生好多好多的孩子，一大家子人围坐在一起，远离政治、远离军事、远离战争、远离恩怨，过世外桃源的生活，其乐融融。想着想着，她都要笑出声了。

坐在后排的江北流有些惊惧地看着她，说："你要带我们去哪里？"二姨太正傻傻地笑，两眼呆滞地用长指甲抠着皮座椅。

秦苑梓依旧沉浸在对未来幸福生活的憧憬中，没有听见江北流的问话。忽然，前方一百米处出现日本宪兵的哨卡，荷枪实弹的宪兵正在盘查过往车辆。哨卡旁边，架着一挺重机枪，一名日本兵正趴在枪身后，右手置于扳机处，严阵以待。

秦苑梓从幻想中回过神，转动方向盘，准备调转车头，却为时已晚。日本宪兵发现了她的企图，做出停车的手势，见没有效果，端着步枪跑过来。秦苑梓掏出手枪射击，打死一名士兵，试图逃离。枪声引来了更多的士兵，他们驾驶摩托车和汽车，呼啸而上，追秦苑梓的车。秦苑梓娴熟地驾驶，车速提到最快，左闯右冲，不时开枪，从一条街飙至另一条街。二姨太乐得哈哈大笑，哈喇子一个劲儿流出来，江北流吓得面无血色，晕车吐得到处都是。但终究敌不过人多，两辆日本军车接到消息赶来支援，从旁夹击，逼停秦苑梓。秦苑梓跳下车，躲在车门后还击。日本人乱枪齐射，一颗子弹穿过玻璃，击中江北流头部，致使其当场身亡。二姨太吓得趴在江北流的尸体上，哇哇大哭，涕泗横流。秦苑梓腹部中了三弹，倒在车门旁。日本人停止射击，步步逼近车门。

附近突然响起枪声，日本兵纷纷倒地。二十几个蒙面人端着长枪短枪，从四面八方冲过来。为首的一人架起受重伤的秦苑梓，另一人背上受轻伤的二姨太，边战边退。

羽生白川和江南毅赶到时，只见满地的尸体。江南毅一眼发现江北流倒在后座上，有些踉跄地走过去，怔怔地盯了一会儿，轻轻地抱起大哥的尸首，放进自己的车里。

羽生白川见到这一幕人间惨剧，很是于心不忍，安慰道："南毅兄，请节哀。苑梓失去了理智，我们不能让她做出傻事，万不得已才去拦截。但子弹不长眼睛，误杀令兄，实在是我们之过。我对不起你，我是罪人。"

江南毅沉默良久，终于开口道："不要这样讲。家门不幸，是人祸，也是天意。我们都没有必要责怪自己，这都是命运使然。苑梓此举的动机不明，但我想她并没有伤害我家人的意思。请羽生兄千万网开一面，不要追究她。"

"南毅兄菩萨心肠，令人感动。苑梓是我们的同窗，我怎会对她不利？"

江南毅点点头："多谢。"

羽生白川说："你要去哪里？"

"大哥生前喜欢有山有水的地方，我要去这样的地方，安葬他。"说完，他发动汽车，向西南方驶去。

望着渐渐散去的尘烟，羽生白川感叹道："真是一个命苦的家庭。"

十几分钟以后，江南毅来到一处荒郊野外。此地僻静无人，远离案发现场，正前方就是一片茂林，旁边有一块池塘，时值盛夏，鸟儿啾啾地鸣叫。他下了车，从后座抱起江北流，亦步亦趋地走进小树林。

不久之后，在树林最深处，传来一阵阵撕心裂肺的哭泣声。

人世间顶悲惨的事，莫过于一个接一个至亲的意外离去，且每一回离开，都与自己存在抹不开的关联。虽拼命努力去避免，但难逃无情的命运左右。在冷冰冰的天道面前，一切个人的选择，似乎都成了多余的累赘。渺小的个体坐在井底，一边做着徒劳无功的努力，一边向往着永远难以实现的憧憬。

奄奄一息的秦苑梓，就正在无谓地憧憬着。

她意识到命不久矣，正积极地、奋力地坐起来，用尽力气去笑，尽管是那样惨淡的微笑。她好像感到江南毅正紧紧地抱着自己，嘴里呼唤着她的名字，还如当年热恋时那般，幸福和甜蜜环绕着全身每一寸皮肤、每一滴血液、每一个细胞。她清晰地听见江南毅说他原谅了她之前的所作所为，理解了她一切的苦衷，愿意与她重归于好。他们将再次成为昔日人见人羡的那对侠侣。她也欢快地回应着他，说永远不会再离开他，要做他一辈子的女人，一辈子的妻子。她，还要做一辈子的母亲。

上官玉灵抱着秦苑梓，眼睁睁地看着她的眼睛慢慢合上，瞳孔逐渐地散开，身体渐渐地冰凉下去，不禁流下了眼泪。她的身边，站着七八名中共游击队员。

几天以后，上官玉灵见到江南毅，说她一直奉老于之命暗中帮江家，是她带着游击队员去救人，却终究晚了一步。她说已妥善地安葬了秦苑梓，还说起秦苑梓生前最后的愿望。江南毅平静地说你带我去看看她。上官玉灵领着他走进一片静谧的墓园，来到一棵高大的梧桐树旁。秦苑梓就住在下面。江南毅蹲下身，从怀里掏出一束秦苑梓生前最喜欢的蒲公英，轻轻一吹，白色细小的花瓣随风飘向半空，越飞越高。每一朵花瓣上，都闪现着秦苑梓的笑。

二十七

星野太一至今失踪多日。更确切地说，是人间蒸发。生不见人，死不见尸。

羽生白川动用所有的力量，几乎找遍了全上海，一无所获。不过，他始终没有找到那间隐蔽的寓所，自然也未发现那散发着酒精味道的、奇怪的棋盘棋子。最后，他不得不电告军部，说星野太一很可能已死于敌人的复仇行为，或许是中共地下党，也可能是军统，还有一定的概率是抗日锄奸队。谁让星野太一做事情太绝了呢！军部回电说，"寿司"计划还得继续，命令羽生白川全权行使星野太一的职责，必须想办法找到铀矿地图。

这时的羽生白川，更像一具行尸走肉。秦苑梓的噩耗，令他完全无法接受。他认为是自己一时的鲁莽杀死了秦苑梓，杀死了这个他一直都爱的女人。他痛苦到无法自拔，日日大醉，就如当初秦苑梓失去江南毅。他变得张狂乖戾，近乎失去了判断能力，开始滥杀无辜，残忍地刑讯、疯狂地枪决在押的反日分子，俨然当年的秦苑梓附体。江南毅反倒安慰他，说人死不能复生、生活还要继续之类的话，他奇怪地望着对方，责怪说你江南毅怎么突然变得如此冷血，说这些不痛不痒的鬼话？那可是你的前恋人苑梓，是苑梓啊！而且，她还深爱着你！你一定要替她报仇！江南毅反问说如何报？难道让我杀了你吗？羽生白川方才意识到自己正是杀人凶手，愣了半晌后，莫名其妙地笑起来，笑得那样伤心、那样痛苦、那样绝望、那样悲情。他就像陷入一个怪圈，从此以后常常重复同样的问话，冒出同样的笑，有时又哭又笑，与鬼魅无二。

江南毅查到，江闻天依旧关押在那间小屋里。经与上官玉灵商议，二人里应外合，趁羽生白川状态不佳，防范松弛时，故伎重演，使用百香果令江闻天假死，再派几名游击队员潜入，救了出来。为防日本人寻找，他们送江闻天去了玄黄观，藏在老道长那里。而江南毅从那天起，白天去核物理研究所工作，晚上回江家居住。江海霓见到二哥自是十分欣喜，阿四叔等一干男女老少不见江闻天和江北流踪影，唯见二少爷回来，带着疯婆子二姨太，个个忐忑不安，也不敢多嘴多问。家里上上下下，弥漫着一股阴沉冰冷的气氛。

自此，七十六号特工总部总务处副处长、大汉奸、二少爷江南毅，取代江闻天，成为江家的一家之长。

久而久之，一切又变得平静如常起来。

这天，又是母亲江王氏的忌日。午夜时分，江南毅信步走进祠堂，恭恭敬敬地给母亲上了一炷香，然后坐于灵位前，说：

"娘，现在，全家人只有您能跟我说说话了，也只有您能听到我的真心话。儿子走到今天这个地步，您在天上，应该看得很清楚。儿子只差一步，就将抵达那个彼岸。玉绒棋盘、青目棋子，到底在什么地方？娘，真希望您显灵，帮帮我。"

"呀呀呀，呀呀呀!"

身后传来一个熟悉的声音，江南毅转过身，看见季鹤鸣疯疯癫癫地站在祠堂门口。

季鹤鸣的手里，捏着一张纸。他扬扬手，示意江南毅过来。江南毅很是奇怪，这位哑巴季叔叔最近精神失常得格外厉害，到处冲人嚷嚷，还胡乱比划手势，没人知道他要表达什么意思。不过大家都不会与疯子计较，何况还是那么悲惨的老人，先是失去女儿，又死了儿子，无家可归，无依无靠，只能寄人篱下，嗓子也不知道怎么就哑了，原来那么伶牙俐齿能说会道的一个人，变得一个字也说不出来，不能不说是非常悲惨可怜的。江南毅回来以后，见他的状况实在是不好，心下十分不忍，专门安排了一个最好的房间给他住，

245

还请一位保姆专心照料。有时候，他过去与季鹤鸣说说话，谈谈天。每次他说的时候，季鹤鸣都是静静地听，痴痴地乐，还时不时兴奋地跳起来，扭几下屁股。这个老头，还喜欢晚上在江家大院里四处溜达，常常是夜半三更。一开始，家里人还不适应，有一回还吓到了江海霓。时间一久，大家也就见怪不怪，任其折腾了。故而，他今天出现在祠堂，江南毅也未觉得有何不同。

季鹤鸣伸出手，让江南毅看到那张纸，然后硬塞到对方手里，之后嬉皮笑脸地手舞足蹈，唱起一首歌。那像是一首自己编的曲子，很短，用上海话唱的。他的口齿不是特别清楚，需要仔细听才能明白。他唱的是一首古诗：

> 棋路醉中现，
> 黑白乱世间。
> 一朝开玉门，
> 富贵赛王贤。

他一边唱，一边晃头晃脑地离去了，任凭江南毅愣在那里。待他走远了，江南毅细看那张纸，读完恍然大悟。他想再次寻找季鹤鸣时，却只见一片茫茫夜色，杳无人迹了。

两天后，按照纸上的提示，江南毅在季鹤鸣死去多年的发妻之墓里，挖出了真正的玉绒棋盘。那是季鹤鸣早就藏好的。

又过了两天，在百乐门二楼的一间贵宾包厢里，江南毅与杜九皋、上官玉灵坐在一起。杜九皋说，南毅，如果不是上官告诉我，我永远都不会知道你原来是那样一个忍辱负重的人。在这一点上，你很像你爹。你和上官都是值得我杜某人敬佩的。你们身上的那种精神，是我杜某人一直以来想有却没有勇气获得的。你们所做的一切，都是为了这个受苦受难的国家和民族。你不怕死，我同样不怕。我比不上你的境界，但我也不是孬种。今天，我愿意把我最珍贵的一件东西，亲手交给你，希望你能派上用场。

江南毅从杜九皋手中，接过来一包东西。那里面，是真正的青目棋子。

第二天中午，上官玉灵独自前往玄黄观，在一间陋室中，面见江闻天，诉说了诸事的前因后果，亮明她的真实身份，也委婉地告诉江闻天关于江南毅的一些实际情况。江闻天听完，久久沉默。黄昏时分，他交给上官玉灵一块羊皮纸。他说上面写着一套天籁棋局的走通之法，是他这么多年领悟出来的，希望上官玉灵亲手交给江南毅。他说，这套走通之法，共有三十六步，他五十五岁生日的那天夜里，曾告诉过江南毅。但时隔多年，江南毅也许已经忘了。这套方法，对于破解天籁棋局，或许有用，也可能徒劳。江闻天还说，破解天籁棋局，最关键的一步，其实并不在于拥有棋盘、棋子、走通之法，而是那首古诗。可惜，他资质愚钝，几十年来从未参透过，因而只能帮江南毅走到这一步，至于其他，就看这孩子的造化了。

上官玉灵拜谢而去。江闻天望着远去的身影，想起今天听到的一切，站在那里迟迟都没有挪动脚步。不一会儿，一阵冷风吹来，他才猛然发现，脸上老泪纵横，决堤奔涌。

当晚，江南毅用玉绒和青目摆好残局，按照羊皮纸的路数，一步一步走通。三十六步棋后，黑白二子胜负已分。白子一条大龙紧紧围住黑子，黑子仅有的一口气也被死死堵住，除了弃剑投降，别无他法。

江南毅在桌上蘸了墨水，写下那首古诗，正是季鹤鸣那晚唱的那首歌的歌词。他对比古诗和走通的残局，就是无法联系在一起。他足足想了五天五夜，还是没有任何头绪。到了第六天夜晚，他已很是有些懊恼。痛苦之余，他想起过去历经的种种，想起死去的亲人朋友，想起难以完成任务的绝望，想起这么多年潜伏的压抑，巨大的负面情绪越积越多，终于爆发了。他抓起酒瓶没命地喝起来，很快醉态显现，他的眼前出现了一个又一个的景象。有儿时与父母亲密无间的场面，还有在德国时与苑梓两情相悦的故事，也有临行前黄穆清交代任务的情景。过了一会儿，他又看到季飞宇受刑大喊的样子，还有老于毅然赴死的模样、秦苑梓抱憾而逝的场景，更有江闻天恨极生悲的恼怒与伤心。一幕又一幕，看得江南毅泪中带笑，笑里有泪，近乎癫狂。

迷迷糊糊中，他手中的酒洒在那棋盘棋子上。

神奇的一景出现了：那棋盘和棋子突然变亮，亮得有些刺眼。江南毅顿时酒醒了三分。他趴在桌上，惊奇地看见棋盘上显现出一条条纹路，有沟壑、有山川、有河流，每一个棋子上都出现了汉字。那是一个个地名。

这一幕，他在星野太一的房间里见到过。

第二日，江南毅如星野太一一样，人间蒸发。

二十八

　　眼前的这座山洞，别有一番天地，令人不由得想起神魔小说《西游记》中描写水帘洞的文字：

　　　　翠藓堆蓝，白云浮玉，光摇片片烟霞。虚窗静室，滑凳板生花。乳窟龙珠倚挂，萦回满地奇葩。锅灶傍崖存火迹，樽罍靠案见肴渣。石座石床真可爱，石盆石碗更堪夸。又见那一竿两竿修竹，三点五点梅花。几树青松常带雨，浑然像个人家。

　　洒了酒的棋盘棋子，展现出来的是一张地图，引导江南毅来到这处桃花源。沿着山洞走到底，是一片灰色的石壁。石壁前有一张石桌，桌上摆着一副围棋棋盘，还有两盒棋子。石壁上，刻着几行字：

千古宝藏，胜天半子。

黑黑白白，生死无常。

天籁机关，招招索命。

贪欲无限，化归尘埃。

江南毅背着双手，站在石壁前，从头至尾读了一遍。他站在原地，长长地叹了口气，突然开口说话：

"阿四叔，您总算是追到这里来了。真是用心良苦啊！"

一阵沉默之后，他身后传来一阵笑，听起来令人毛骨悚然。

一个全身黑衣之人，出现在江南毅身后：

"二少爷，你果然是人中龙凤，竟能算出是我。不过，你算得出我的身份，却料不到我会像一块黏胶，黏着你来到此地。"

江南毅说："你已经黏江家黏了几十年，不就是为了这一天吗？"

阿四叔一脸阴险："不错，等这一天，我忍气吞声，给你们家做牛做马，卑躬屈膝。越王勾践卧薪尝胆三年，我则是十七年，是不是比帝王更厉害？老天爷终不负我，让你替我完成了最后一步，成功地来到这个令人梦寐以求的地方。星野太一那个老家伙，哼哼，终究还是无缘无分。"

江南毅说："你擅长易容术，菊花、季铅依都是你杀的。

杜九皋那一副假的青目棋子，也是你假扮成他的模样偷来的。你可真是狠辣极了。"

"是的。这一切，都出自我之手，你没有觉得，这每一次行动，都是前无古人后无来者的大手笔吗？"阿四叔说。

"你到底为什么要这么做？"

阿四叔冷笑："这说起来可是话长了。我杀每个人的目的，都是不同的。你如果感兴趣，我现在倒是愿意讲给你听一听。反正，你也是马上要死的人了，就死得明白一些吧。"

江南毅说："我真是非常好奇，隐藏在我们家多年的大管家，背后到底有什么样的人生故事，才能变成一个恶魔？来，我洗耳恭听。"

他认认真真地盘腿坐下，摆出一副特别好奇的表情。阿四叔索性也坐在地上，绘声绘色、有条有理地讲起他的故事。那故事，当真独一无二，简直像是虚构的：

　　我，阿四，曾经是大户人家出身，爹是武举人，娘是王爷的女儿。我爹一生有四绝为傲：武功、易容、书法、围棋。我从小天资聪颖，悟性奇佳，在众兄弟姐妹之中爹最喜欢的，就是我。五岁起，他就系统地传授给我这些绝艺。十六岁时，我与一位青梅竹马喜结连理。她是我从小就喜欢的一位女子，我们互相爱慕，感情很深。无奈她命短，结婚后不幸难产死了。她留下一个大胖儿子给我，这孩子成了我唯一的寄托。辛亥革命后，我家败了，爹娘相继都死了，但瘦死的骆驼比马大，我还是得到了一笔家产和一座宅院。我与儿子两个人相依为命。发妻死后，我便没有再娶，只因忘不了她。每当看到孩子，就如同见到她，因此我很惯这个孩子，久而久之就惯坏了，加上我后来又做了一些生意，还算经营得不错，家中渐渐又富裕起来，他逐渐养成好吃懒做的毛病，成了别人眼中的纨绔子弟。我时常在外奔忙，无暇管他，放任他脱离了正常的轨道，走上了邪路。

他十八岁那年，我出远门谈一笔大买卖。这期间，他从人贩子手里买了一个姑娘，然后要强娶她为妻。他找了一帮狐朋狗友，把家里布置成婚房，摆了好几桌酒席，离谱得完全没了边际。当天晚上，他要与那姑娘圆房时，一个与他差不多大的男子冲进来，杀了我儿子，带走了姑娘。当我一个多月后回来，看到我儿子的尸体都已经腐烂得不成样子了，已变成骨架的肚子上，插着一把钢刀，刀柄上写着一个"江"字。

在我看来，就算我儿子犯了十恶不赦的大罪，也应该由我这个当爹的教育惩罚他，何况既然是他买回来的姑娘，就应属于他，他想怎么样就怎么样，犯了错也是家事，轮不到其他人指手画脚。可那个姓江的人多管闲事，抢走姑娘不说，竟还要了我儿子的性命。我只有这一个儿子，他是我生命的全部。别人却夺走了他。从那天起，我发誓一定要让凶手生不如死，让他全家为我儿子的死付出巨大的代价，让他们在日复一日的痛苦中死去。

经过多方打听，我终于知道，杀死我儿子的人，叫江南毅，是一代棋王江闻天的二儿子，住在上海。我儿子买的那个女子，名为上官玉灵，被江南毅救走后送到苏州一家孤儿院。我变卖了所有的家产，决定进入江家，伺机下手，杀掉江南毅，再干掉他全家，然后去苏州取上官玉灵的性命。

当时，江家恰好缺一位管事的，我重金贿赂了江闻天的一位师弟杜九皋，由他推荐我成为江家的管家。我做事麻利，头脑敏捷，思路清晰，理财明白，很得江闻天的赏识，加上是杜九皋引荐，对我信任有加。我常常可以看到他的儿子江南毅进进出出，知道那就是杀我儿子的凶手，看见他我恨不能吃他的肉，喝他的血。但为了做到万无一失，我必须先忍下来，小不忍则乱大谋。我必须找到一个最好的时机，再动手。

江闻天五十五岁寿辰那天，江家来了很多祝寿的人，院子里人来人往，对我来说是一个千载难逢的机会。作为寿宴的总管事，我张罗忙活一天后，安排客人都住进客房，夜深人静之时，我怀揣尖刀，躲进江南毅的房间，计划待他回来后就下手，然后贼喊捉贼，诬陷某位宾客。然而，江南毅却一反常态地一直未回房间，我等到几乎天亮，还不见他的踪影。正当我打算离去时，突然撞上江南毅的母亲江王氏。那日也算邪门，我见到她，竟然感到紧张，怀里的尖刀竟掉了出来，正巧被她瞧见。我当时就慌了，若她说出此事，我的大仇难报。我当即决定一不做二不休，拾起尖刀抹了她的脖子，然后放一把火后逃离房间，待火势变大，再装模作样地大喊起来。江家人都跑过来救火，江闻天的小老婆，也就是后来的二姨太，当时身怀六甲，听说江王氏在里面，竟不要命地往里冲，要救她出来，结果也身陷火海。江南毅要冲进去时，被掉下来的房梁砸住了腿，动弹不得。江闻天单枪匹马冲进去，却只救出了二姨太，江王氏没能救出。从此，江南毅以为是父亲造成母亲的死，一怒之下离家出走。实际上，他错怪了父亲，因为我放火之前，江王氏就已死于我手。

江南毅离开家后，我失去了报仇的目标。但我不甘心，杀子之仇不可以就这样算了。我继续待在江家，等待机会。

刚失去儿子和太太的那一段日子里，江闻天变得很爱喝酒，常常酩酊大醉后说胡话。有一次，我扶他上床的时候，听见他叨叨起关于天籁棋局的事情。这传说我早有耳闻，不禁仔细听起来。连续好多天，他酒后都说的是这些事，断断续续的，我基本听了一个明白：

他说天籁棋局就是他师父鬼棋圣的祖先设计的，玉绒棋盘、青目棋子、残局走通之法缺一不可。鬼棋圣家族世世代代承担守护宝藏的职责，一代代传下来，到鬼棋圣这里，已是第十二代。鬼棋圣无儿无女，孤身一人，眼看就要失责。但他不愧是鬼棋圣，终于想出一个办法。临过世时，棋盘赠予季鹤鸣，棋子属于杜九皋，走通之法授予江闻天。不过，为防他们师兄弟为财反目成仇，也防外面那些觊觎宝藏之人掀起腥风血雨，他特意做了两道保险：

一是另外设计一副假的玉绒棋盘、一副假的青目棋子、一套假的残局走通之法。谁若用这些假物去寻找宝藏，找到的会是一个假山洞，面临死无葬身之地的命运。

二是在每一件假物上都留下真的线索，留给那些愿意正当使用宝藏之人、那些为国为民谋福之人。

按照鬼棋圣的布局，季鹤鸣、杜九皋、江闻天分别得到假棋盘、假棋子以及假的走通之法。

然而，这三名弟子当中，鬼棋圣大大低估了两个人的能耐，一是江闻天，一是季鹤鸣。不得不说，江闻天太有围棋天赋，功力已超鬼棋圣。他从鬼棋圣传授的残局走通之法中，单纯从围棋棋艺的角度，发现此法并不完美，虽可走通，但算不上艺术。经过潜心研究，他自己又琢磨出一套路数，同样可从残局起点切入，殊途同归，行至终点。他悟出来的这套走法，恰恰是天籁棋局真正的走通之法。不过，江闻天却始终未能意识到此点。

而季鹤鸣同样不是一般人，竟无意从那副假玉绒棋盘中，发现了真迹的线索，顺藤摸瓜找到了真棋盘。他与江闻天的贫富差距虽大，关系却一直算融洽，也无猜忌之心，便说此事与他听。江闻天一听便明白是师父做手脚，留了一手，知道那继承来的残局走通之法也定然是假。二人又找到杜九皋，师兄弟三人索性坐在一起，研究破解天籁棋局。他们反复研究假棋子，试图找到真棋子的线索，却屡战屡败，一直未有成果，最后只好放弃。后来，杜九皋成了青帮老大，江闻天继承祖产，家大业大，名震一方，季鹤鸣穷困潦倒，每况愈下，每日为稻粱谋，偷鸡摸狗，吃饱上顿没下顿，三个人谁也没有心情和精力再去研究天籁棋局了。那传说，那诗，成为一个遗憾，暂时留在了心底。但他们都相信，宝藏一定是存在的。

江闻天酒后吐真言，讲的这故事引起了我强烈的兴趣。我是一个爱财之人，本性贪婪，很快改变了最初的计划，决心找到那宝藏。我深知，此事仅靠一己之力难以完成，江季杜三人可不是好对付的。我开始寻找同盟者。

一个机缘巧合之下，我遇到了星野太一。此人年轻时，曾与鬼棋圣师徒有过一段怨仇，一直寻机报复，经过一段时间的秘密交往，我与他一拍即合。当时，"七七事变"已经爆发，日本侵略中国的狼子野心昭然若揭。日本急需大量军费，若能得到这笔宝藏，对他们而言是一件天大的好事。星野太一知道天籁棋局之事后，承诺我若找到宝藏，分我三分之一，并推荐我任职军部，去日本享受高官厚禄。我表面答应他，心里却打着自己的如意算盘。我可不想当卖国贼，不过是借他们日本人的势力，必要的时候摆平江闻天和杜九皋，顺利拿到我想要的东西。

星野太一在中国待了很长一段时间，我故意和他走得很近，还帮他杀了几名反日分子，以博取他的信任。他精通围棋，常常邀我对弈，一局下好多天，甚至一个月有余。有一次，我无意中听到他熟睡时讲起梦话，说的全是中文，虽然很蹩脚，我却听懂了。

星野太一说的是一个叫菊花的日本人，准备来中国寻找一件极机密的物事。这事又勾起我的好奇心，便悄悄跟踪星野太一，看到他写给菊花的信。直觉告诉我，星野太一与菊花沟通的这件事至关重要，菊花要找的那件东西是绝密。

我有了一个主意。

星野太一去邮局寄信的时候，待他走后，我施展父亲传授的易容术，扮成星野太一的样子，找邮递员取回那封信，并模仿星野太一的笔迹，重新给菊花写了一封信并寄出。多日后，我收到菊花的回信，又模仿菊花的笔迹，字斟句酌地写了一封假信，再易容成邮局的送信人，送给星野太一。

我之所以可做得天衣无缝，是因为星野太一和菊花之间的通信，都是使用的中文，还是用的毛笔。这两个人都喜欢中国书法，长期坚持以写信的方式练习，无意中成全了我。就这样，我不断来回易容成邮局送信人、星野太一，与菊花通信，长达一年多，始终未露出破绽。我得知菊花原来是特高课特工，是一个很有才华又热爱中国文化的日本人。

在菊花写给我的最后一封信里，我得知他要带几个人来中国西部某地区，寻找一种制造武器的必备原料。我这个人，虽然很坏，但还是有底线的。不管他们造什么武器，无疑是用来对付中国的。我不能让菊花得逞，必须阻止他们。

此时，真的星野太一刚刚离开中国，应该正在回日本的客轮上。等他抵达日本，菊花也到了中国，两人不可能碰面。这就又给了我一个机会。

我跟江闻天告假两个月，说家里老母亲得了急病，必须回趟老家。江闻天是宅心仁厚的主人，给了我一大笔盘缠，还派车送我去火车站。从这一点来说，我还是很感激他的。不过，我这人又是分得清事的，一码归一码。

我坐火车去了西部的那个地区，不久之后就发现了菊花一行人的踪迹。当时，他们已经找到了那种原料，并记录下相应的地理位置，画成地图后，准备返回日本。我昼伏夜出，将他们一个一个地杀了，只剩下菊花一人。菊花吓坏了，以为遇到惩罚他的神灵，没命地逃，跑到上海。我一直跟着他，最后在上海周边的一片树林里，杀掉他，拿走了那张地图，并在大树上留下"天籁棋局"的血字。我的目的，是让日本人以此血字为线索，查天籁棋局，帮我找到宝藏。

事情果然是按照我的预期在发展。星野太一作为督导重新返回上海，羽生白川着手调查菊花死因。令我未想到的，是江南毅再现江湖，回到上海，成为七十六号特工总部的一员。我意识到，报仇的机会又来了。

我在江家多年，知道江南毅和季铅依是青梅竹马，也清楚季铅依深爱江南毅。于是，我模仿江南毅的笔迹，约季铅依前往兆丰公园，杀了她，让人以为是江南毅所为。尤其是季飞宇，当他知道后，定不顾一切地去杀江南毅，我就得以完成借刀杀人的目的。只可惜，江南毅命大，没在这次事件中死掉。我只好继续寻找其他机会。

我决定仍旧利用星野太一。此人野心极大，如司马懿般老谋深算，如果真找到宝藏，怕是他会先杀掉我。一对一，他未必是对手，但他若调动特高课、七十六号还有日本宪兵队，我就寡不敌众了。我必须先想办法做掉他。为此，我找到一招谁也想不出来的办法：利用假棋盘假棋子，引导他进入死地。

第一步，我使用易容术，先绑架季鹤鸣，威胁他交出玉绒棋盘。此人老奸巨猾，必然会装模作样地藏起那个假的，让人误以为真，我顺势而为，将那个假的送给星野太一。

第二步，我说服星野太一诓出杜九皋，然后易容成他的样子，去杜府偷出假棋子，同样交给星野太一。

第三步，我告诉星野太一，还需要残局走通之法，而只有江闻天最清楚如何走通，是我建议星野太一以通共的罪名逮捕江家人。为找到通共的证据，我苦苦找寻，终于打听到二姨太有一个远房亲戚在抗日锄奸队工作。真乃天助我也！二姨太有多年未与此人联系，是我牵线搭桥，及时准确地将这一消息传递给二姨太，并成功地唆使她暗杀江南毅，激怒日本人，击垮江家人。

果然，江闻天讲出那假的走通之法，星野太一上当，死在机关的层层陷阱之中。而我，自然就少了一位最可怕最强大的对手，可以踏实放心地跟着你江南毅，来到这真正的天籁棋局之地，拿回属于我的宝藏。

阿四叔讲完了他的故事。他顺便还讲了一些其他的事，包括这些年江闻天一直在想方设法地寻找保护江南毅、得知江南毅供职七十六号之后尽力挽救、派道友绑架上山，等等。他还说，季鹤鸣是他弄哑的，只因为季鹤鸣说过江南毅的好。

阿四叔的描述，彻底刷新了江南毅的固有认知。

阿四叔说，自己是一个恶人无疑，但同时也是一个当过父亲的人。他生活在江家这些年，亲眼看见江闻天是如何对待孩子、想念孩子、保护孩子的。"就连我这个心怀千万般罪恶的人，都被感动了，因此觉得有必要跟你澄清一下。你的父亲，是一个真正的好人。"

"接下来，是你我之间的决斗。"他对江南毅说。

二十九

人们都说世界很大，其实很小；人们都说人性很杂，其实很纯。有人说"人之初，性本善"，也有人讲"人之初，性本恶"，都非正解。人性实在是很纯粹的，善恶生来均在体内，一段漫漫人生路走下来，是善是恶，环境使然，机缘巧合使然，造化使然，爱恨情仇使然。善恶本无界，只在一念间。

阿四叔的一番长篇大论，解开了一道长期困扰江南毅的难题。诸多往事的谜，一瞬间大白于天下。这些真相，与其说是匪夷所思，不如说是命中注定。还是那句古语讲得好：命里有时终须有，命里无时莫强求。

最早的时候，江南毅信命，认为很多发生在自己与身边人的事，都是老天爷安排的。他含着金汤匙长于围棋世家，从小享尽江家二少爷的人前荣耀，受父母无上宠爱，获青梅竹马的无限迷恋，这一切在他看来，都是先天不可逆转的命运，是上天垂青的自然结果，是前世修福的今生回报。而从母亲过世的那一天开始，他变得不再相信命运，更不认为这个世界上的悲剧都是生来就有的，而是后天人为造成的。在德国的那几年，他阅读了很多经典的悲剧作品，有古希腊悲剧，也不乏莎士比亚的四大悲剧。他印象最深的还是《俄狄浦斯王》和《哈姆雷特》。结合故事里人物的悲剧命运，再结合自身经历，他有时候觉得自己固然不如俄狄浦斯王和哈姆雷特那般生不逢时，但也绝非有一个好命。后来，在完成任务的过程中，他见到更多的生离死别，思想又行至一个新的起点：命，是主动奋斗与被动接受相互博弈的自然结果。所谓命中注定，那也必然是个人挣扎努力之后的结局，而非完全听天由命。按照这样的逻辑，他将母亲的死，归因于自己对父亲的过分顺从，那是缺乏反抗、大家长制占据上风的必然结果。如果他生来反骨发达，叛逆违命，或许母亲也不至于一切都依父亲，或许他就能改变什么。故而，他决定一辈子成为父亲的反对者，弥补先天不足带来的永久性伤害。

然而，今天阿四叔的讲述，再一次颠覆了他的认知，证明他之前自我推演的逻辑都是站不住脚的。他必须承认，命运的变化，有时来自于外力的强烈干扰。他不得不承认，过去对父亲的判断都是误读。他完完全全错怪了父亲。

一股从未有过的内疚感、负罪感，从头到脚席卷了江南毅的全身。他这才发现，父亲江闻天对他的爱与包容，与他微不足道的心胸相比，是多么伟大、多么无私、多么纯粹。他留给父亲的，则是大量的猜疑、愤恨与伤害，父亲还给他无尽的关怀、疼爱与保护。他突然感到，与俄狄浦斯王、哈姆雷特那些悲剧性人物相比，简直就是天壤之别。他人生中的悲情与绝望，都是光明与希望的前奏。他并不是不幸的。

此时此刻，他最想做的一件事，是回到父亲身边，与他和解，向他道歉，向他坦白心迹。十几年来，他从未像今天这般轻松。

眼下，只有一件事要完成：击败阿四叔，夺回铀矿地图，然后回到那个久违的家。

他说："阿四叔，谢谢你告诉我所有的这一切。若没有你的如实相告，我恐怕一生都要在死结里挣扎，永远找不到那个敞亮的出口。不管怎么说，我要先谢谢你。"

他朝着阿四叔鞠了一躬。阿四叔点点头，表示接受。

江南毅继续说："不过，你是明白人，想必知道我是爱憎分明的。对不起，我必须找你报仇。你杀我母亲，杀我朋友，毁我家庭，我不能容你。我与你不共戴天，今天必须有个了断。"

阿四叔听完哈哈大笑，那笑声中泛起的恐怖，震得整个山洞都害怕起来。

"二少爷，我更喜欢叫你二少爷，亲切。你知道石桌上这盘棋的背后，都布置的是什么吗？都是机关术。鬼棋圣家族擅长设计机关，这些机关术都是最地道最原汁原味的。你我之间，有任何一方想得到这宝藏，就必须下完这盘棋，赢者胜出，输家必死。在这过程中，走错一步，就会触动你想象不到的机关，连弩车、转射机……你扛不住的。而我，从我知道鬼棋圣的身份那天起，就在研究机关术的破解之法，足足钻研了几十年。你，不可能是我的对手。"阿四叔说。

他再次狂笑起来。

砰！

一颗子弹，准确地射入阿四叔后心。

阿四叔的笑戛然而止。他临死前，回头瞧了一眼，看到五米之外，星野太一正举着一把手枪。枪口冒着白色的烟。

阿四叔死不瞑目。

星野太一放下枪，走到阿四叔身边，蹲下身，从死者的口袋里摸出那张铀矿地图。他小心翼翼地打开，确认是菊花绘制的那一幅，然后折好收起，站起身，看着江南毅，笑了：

"任他再有能耐，本事再大，功夫再强，也敌不过一颗普普通通的子弹。南毅君，你说是这个道理吗？"

星野太一并没有死。

他能活着出现在这里，得益于鬼棋圣家族的恻隐之心。

当年，那伪棋局，是鬼棋圣家族为保护藏宝洞专门设计的一道保险。那些心怀不轨又缺乏智慧的贪婪者，倘若使用"三假"——假棋盘、假棋子、假走通之法，再配合那首古诗中所言的"棋路醉中现"一句，以酒显图，就会来到一个假藏宝洞。不过，鬼棋圣家族并不愿意赶尽杀绝，特意留了一个活口，送给那些虽爱财但也有才同时不缺运气之人。得以进入伪棋局的，都是在围棋方面有相当造诣之人，进入假藏宝洞后，面对唾手可得的假"宝藏"，必须同时控制黑白二子，下完面前的那盘残局。若白子胜，假藏宝洞内隐藏的机关齐开，万箭齐发，难逃一死；若黑子胜，将出现一个活口，有望离开山洞，逃出死地。不过，此残局波谲云诡，下至黑子胜的概率极小，需极具围棋天赋的人方有可能。

星野太一，正是那极具围棋天赋的人。

"南毅君，你们太喜欢窝里斗。我真是看不起这一点。不过，他刚才讲的那个动人美妙的故事，也是让我大开眼界，刷新了我的想象能力。我替你杀掉他，帮你报了仇，也省了不少事。"

江南毅说："你是我见过的最有心机的日本人。"

星野太一说："都是跟你们学的。不充分浸淫你们这个国度的文化，我又如何可以走到今天这一步！鬼棋圣机关算尽，终究还是没算过我。来吧，江南毅先生，让我们开始最后的决斗。这一战，谁赢了，铀矿地图，还有宝藏就归谁。一切，都是公平的。"

他走到石桌旁，坐在石凳上，瞧着桌上那一盘未下完的残局，像是遇见久违的猎物，流露出极其贪婪极其兴奋的神情，也像是即将接受有生以来最为严峻的挑战。

江南毅同样坐在石凳上，平静地看着残局，好似准备接受一次最严肃最庄重最神圣的洗礼。他的眼睛里，冒着坚毅决绝的光芒，更像是迎接一次脱胎换骨的终极考验。

一场决定国家和民族前途命运的决战，在两个人之间展开。

江南毅执黑，星野太一执白。

他们面前的这盘残局，表面是棋，实际上又不是棋。

假藏宝洞处处是杀人的机关，真藏宝洞亦然，而且更为凶险。

吸铁石制成的棋子连着铁制的棋盘，棋盘又连接石桌，石桌里藏有很多开关，这些开关联合控制着一个致人死地的机关。机关一旦启动，事先装好的弩箭、镖、石头等冷兵器，会朝同一个方向齐射，当事者绝无躲避的机会，更无幸免可能。而这些兵器何时发射、射向何处，完全取决于石桌上的这盘残局。进洞者要找到宝藏，必须以对弈的方式，下完这盘残局。不过此残局要比天籁棋局复杂百倍千倍，走通之法共有三十六种之多。在这些走法中，前三十五种都属于"死亡之路"，也就是下完之后，不论赢家还是输家，均会在瞬间遭到暗器的袭击，双双死于非命。只有第三十六种，是"生路"，暗器只会射向其中一方。但究竟是射向输者还是赢家，无人知晓。当遇到"生路"时，暗器发射完毕，宝藏就会出现，活下来的那个人就是它的主人。

正所谓：妖魔尽诛，苦尽甘来。

三百多年来，据说已有无数的人死于那些暗器之下，没有一对对弈者下出第三十六种走法。并非他们运气不佳，而是这种走法必须两人都极具围棋天赋又都能看破人生才行。围棋即人生。每一步棋，都与落子之人的过往经历有关。

这，是围棋的神秘之处，也是这机关的不可思议之处。

即使鲁班在世，也无法说清楚这其中的原理。

世界上，本来有很多事情就难以解释，只能归结于不可言说的"神秘"。

最后一场无硝烟的战争，就这样在江南毅和星野太一之间，充满悬念地开始。

很多年以后，有人在一本封面发黄的回忆录里，看到了关于这一次对弈的描写。文字旁边，还画了几张棋谱：

白三十四手三十五位立的话可能是活棋，但让黑子立A位却不可忍受。因而在默许黑三十五的前提下行棋。黑三十五手之时，以造劫去做活，将有所发展。白棋利用的，是左下五位的劫材，会由黑六粘起消劫。后续虽有白七扳，但遭遇黑八重攻不佳。

我采取右边白子已死的行棋策略，以三十八手以下诸着推进。黑四十一手、白四十二手上告一段落，虽说黑地很大，但白子同样发挥相当效能。

白棋第四十四手是难以择取之处。黑四十五手瞄准了七十二位的托渡。下至第五十五手，白棋虽也被冲断，却以先手防止黑子渡过，因而平分天下。若战火上移，至白八十手告一段落。接着黑子下了中央八十一位，不过这一手以A位尖守住左下角为佳。

白子不失时机托左下角八十二位进行侵略。随后至九十二手终于在角上活棋。因白九十四手、黑九十五手做过交换，黑九十七手是一着好棋。即便黑子一位向白角杀来，白二以下至黑十五，夺去眼形之时就以白十六、十八进行求生。

右手白四实际欲让黑子补二十九位，而自己收二十二位尖顶的先手官子。白方不愿让黑方抢先下三十五位。不过，此时形成细棋之态势，因此黑子并未遂白方所愿，以二十一位尖做出抵抗。面对此手，白二十二颇为机敏，右边白子因而活下来。被黑子封A位影响还要更重大，因此白棋二十八位出头，将右边变为以劫争胜之态。

另外左上角的白二十若脱先，被黑二十位长处白连爬五子，其结果究竟会演变成如何呢？

这时，已行至最后一步。

我说："星野太一先生，你要赢了。"

星野太一长叹一声，苦笑道："我下棋下了五十多年，这是第一次害怕赢棋。"

我说："你如果输了，也会害怕的。"

星野太一说："是啊，赢棋可能死，输棋也可能死。我们最恐惧的，还是那未知的命运。"

我说："或许，我和你，都会死。多少年来，下这盘棋的人，没有人事先知道他们的走法，究竟是不是那第三十六种。而且，事实证明，在我们之前来的那些人，显然都没有下出那种走法。"

星野太一说："是啊，这真是人生最大的滑稽。明明知道不论输赢都可能一命呜呼，却还是拼了命地想赢。我急功近利，反而赢得快。而你心如止水，居然还是输了。这背后的哲理，真是耐人寻味啊！"

我说："星野先生，或许，我们本就不该下这盘棋。"

星野太一摇摇头："这就是天数。天命不可违。"

他顿了顿，又说："我这最后一颗子落下，胜负将定。不管是你亡还是我死，或者咱们都要失去生命，有一句话，我要先说。你父亲江闻天，是一个让我钦佩的中国人。他值得你去细细品读。"

星野太一说完，将手中那颗白棋缓缓放入棋盘之上，随即闭上眼睛，似乎在等待生，也似乎在遥望死。

我，也缓缓地闭上眼睛。

万千利器射向星野太一。

这位融权谋、狡诈、阴险、多疑、怪诞于一体的乱世奸雄，迎来了生命的终点。

我和他，下出的正是第三十六种走法。

赢棋者，死；输棋者，生。

我活了下来。

我看着已变成筛子的星野太一，不免有些惋惜。若非这场战争，这个东洋老人也许会成为一代围棋大师。只可惜，动荡不安的战乱扭曲了他的人生之旅，导致从一开始就满是苍白，最终还是通往毁灭。

石桌后面的墙壁慢慢裂开，里面直射出一道道闪亮耀眼的金光。

那，就是所有人为之焦灼、抓狂、痛苦，甚至不惜舍命的宝藏。

我拔下星野太一身上的一件件利器，找出那张有些残破的铀矿地图。

我终于完成党组织交付的任务，完整地履行了应尽的职责。

老于、季铅侬、季飞宇、江北流，还有秦苑梓，这一名名逝者，在我眼前依次闪过，成为一颗颗或明或暗的星星，于深邃的夜空下，静静地注视着。

尾　声

　　一九四五年八月六日清晨，三架B-29美军轰炸机飞入广岛上空。此时，不少广岛市民还未进入防空洞，而是仰望美机，神情之中甚至还带有一些习以为常。此前，B-29已连续数日光临日本领空训练，大家都以为这次依然是一次例行的飞行。然而，其中一架飞机已装上一颗五吨重的原子弹。

　　上午，那架载着原子弹的B-29，上面的视准仪对准广岛的一座大桥，自动投弹装置随之启动。一分钟之后，舱门开启，原子弹落入空中。飞机做了一个一百五十五度的急转弯后，俯冲而下。

　　为尽量远离爆炸地，飞行高度一瞬间下降了三百多米。四十五秒钟之后，在离地六百米的地方，原子弹爆炸了，发出令人目眩的白色闪光。广岛市中心上空，传来震耳欲聋的大爆炸。顷刻间，巨大的蘑菇状烟云卷起，几百根火柱迎风呼啸而上。美丽的广岛，变成一片火海。

同年八月九日，美军在日本长崎市再投下一颗原子弹。

八月十五日正午，日本天皇向全日本广播，接受《波茨坦公告》，宣布无条件投降，结束战争。同年九月，日本在东京湾的密苏里号战列舰主甲板上举行投降签字仪式，随后在南京递交投降书。

日本投降前夕，黄穆清被释放，江南毅通过他，将铀矿地图辗转交到上级党组织手中。日本因缺少铀矿，原子弹研究最终失败。那座核物理研究所某日突遭一群不明人士袭击，消失在一片爆炸声中，刚刚研制成功的铀同位素分离器也灰飞烟灭。据说，袭击者的人员成分复杂，有游击队员、抗日锄奸队，还有大批青帮人士。羽生白川因此事遭到解职，并等待遣送回国。临走前，他与江南毅见了一面。

这，也是他们此生的最后一次相见。

江南毅看到他，说："战争结束了。"

羽生白川回应道："战争结束了。"

江南毅问："什么时候走？"

羽生白川答："就这一两天。"

江南毅说："一起去看看苑梓吧。"

在秦苑梓的墓碑旁，一群白鸽正围在四周，咕咕地叫着。羽生白川在墓前放了一束鲜花，鞠了三个躬。然后，他久久地注视着墓碑上秦苑梓的照片，对江南毅说，他发现秦苑梓那些貌似极端的行为，是为了掩盖内心苦楚的海啸，遮蔽灵魂深处暗无天日的长夜。原来，她永远忘不了江南毅，她的一切疯狂的行为，都是为了让一颗炽热的心变得麻木不仁，变得没有时间去体验绝望。江南毅占据了她的灵魂，是她的一切，但她却没有任何赢取希望的机会。发现这个真相以后，他羽生白川不知道应该是高兴还是失落。

羽生白川说："我最怀念的，还是咱们在一起上学的日子。"

江南毅说："倘若时光可以倒流，我更愿意去当一个普通人。"

羽生白川说："是啊，如果一切重新来过，我要做一位大学教师，就像你们的先贤圣人说的那样，传道、授业、解惑。"

江南毅说："你离开中国的时候，我去送你。"

羽生白川苦笑说："就像当初我离开德国时，你和苑梓去送别时一样，对吗？"

他顿了顿，又说："南毅君，谢谢你。你是一个有信仰的人，我敬佩你这样的人。"

他郑重地对着江南毅，深鞠一躬。

江南毅也郑重地对着羽生白川，深鞠一躬。

江家的大门前，回来多日的娘姨正在认真地扫地。她看见进来的江南毅，笑了。

江南毅也对着娘姨笑。

二姨太的头上，插着一朵路边采的野花，手里还拿着两朵小野花，她如孩童一般跑过来，见到江南毅，嘿嘿地傻笑着说："北流，傻儿子，娘告诉你，千万不能让那个江南毅得逞，江家祖业就应该是你的！你得听娘的，傻儿子！"

　　江南毅附和着安慰她，示意娘姨带她离开。二姨太一边走，一边重复着刚才的话："不能让那个江南毅得逞！你要听娘的，没错！"

　　再往里走，是祠堂。祠堂的附近，摆着一张石桌、两张石凳，桌上放着一副棋盘，旁边有两盒围棋子。

　　江闻天坐在石凳上。

　　江南毅走过去，坐在石桌对面的另一张石凳上。

　　江闻天从盒中取出一枚黑子，放于棋盘上某一星位，说："来一局。"

　　他的眼睛里，闪着泪花。

　　江南毅的眼睛里，同样噙着泪花："嗯，爹。"

　　父子二人，在围棋的世界里悄然和解。

　　门外不远处的街上，稚嫩的童音唱起熟悉的童谣：

　　　　黑小兵，白小兵，快来一起玩游戏。玩什么？金角，银边，草肚皮。金角，金角在哪里？金角，金角在这里。银边，银边在哪里？银边，银边在这里……

后　记

我是一个喜欢写故事的人。

小学四年级时，我写出人生中第一个故事《猫鼠大战》，全文一千零八十字，讲的是一只猫与一群鼠为争夺一个国家展开激烈角逐，后来鼠胜猫败，所谓正义的鼠打跑了邪恶的猫。不过，我其实并不理解"正义""邪恶"究竟是什么意思，不知道是从什么地方听来的概念，然后按照孩童的懵懂理解，"随大流"式地冠在猫鼠的身上。

当时我的班主任，是一位姓郑的语文老师。她是很懂得鼓励式教育的好老师，也很重视培养我们的写作能力。她设计了流动日记、编书等多姿多彩的形式，最大限度地激发我们的兴趣，引导我们去畅想。在她的鼓励与支持下，我的这篇童话故事刊登在当地的一份报纸上，那是我平生第一次公开发表作品。从此，我认为胡思乱想是这世上一件非常有趣的事情。闷的时候，浮想联翩，将现实当中不存在的人与事随便排列组合，纯粹依赖直觉，像搭积木一样拼接出一个全新的世界或时空，沉浸在其中，这里修修，那里补补，自得其乐。

我还喜欢看故事书，短篇中篇长篇、现实传说臆想、爱情亲情友情，都没有放过。古人讲，书中自有颜如玉，书中自有黄金屋。我觉得说得不够全面，书中还有小宇宙，书中不乏侠义道。按照这一标准，我最爱读三类故事。

第一类是严肃的历史读物。这是几乎一切虚构的故事之胚胎。哪怕再离奇的想象，哪怕"幻"之又幻、"玄"之又玄的构思，也难以脱离历史存在与真实生活经验的影子。区分一个故事高级与否，主要在于其观照过去、顿悟当下、描摹未来的艺术水平，故而对历史的学习与理解是贯穿一生的必修课。但对于故事创作者而言，更重要的，是平滑历史钩沉、均衡时空关系、协调人物视野的大局观。《史记》之所以获鲁迅先生"史家之绝唱，无韵之离骚"的美誉，恰在于此。

第二类是冠以"文学名著"标签、流传百千年的上乘作品。这些故事，名头响、人气足、火气旺，天然地赋予读者"虽不能至，然心向往之"的气场。据我观察，这类作品讲了更多的哲学，后来者总能挖出一茬接一茬的深意，东有儒释道，西有纯粹理性、酒神意志、存在与时间，人物的性格特点与命运走向，都隐藏在哲理性的启示里。这些故事的门槛不低，需要一颗安静的心，不过一旦读进去，就如进了太上老君的炼丹炉，再跳出来时，炼就了一双火眼金睛。

还有一类，是当代人写的优质武侠故事。在中国传统文化的框架下，融入侠与武的爱恨情仇，是国人想象力可达到的一种巅峰。那些侠气纵横的男男女女、老老少少，仗剑饮酒，策马奔腾，除暴安良，他们那逍遥自由无拘无束的生活状态，散发着无比迷人的魅力，满足了无数现实中人的憧憬与渴望。从金庸古龙梁羽生的世界里，我学会了何为大气磅礴，何为襟怀坦荡，何为家国情怀，何为张弛有道。

历史经验、文哲互映与侠义精神，汇聚成一道独特的冰火柱，在我体内逆流而上，水乳交融。受此启发，我一直想创造一个故事，既有点历史沟壑的纵深感，又有些阳春白雪的哲思，还有些侠义江湖的通透，最好读起来也能具备些气势、有点力量，最后还可以产生引人入胜的效果。这听起来有些遥不可及，像是在做梦，但我还是一有空闲就琢磨，及时记录下那些支离破碎的灵光，只希望有一天画出一个世界，梦想成真。

转眼间，我考上大学，误打误撞，读了一个号称"万兽之王"的可怕专业：数学。四年间，我学得死去活来，学习时思维常常跳来跳去，与数学与生俱来的缜密天性格格不入。毕业时，我认定此生难成数学家，只觉得逃离"魔窟"才是正道，便顺时应势，尊重自身基因，读研时转学文科，读了新闻。但不得不说，本科的数学训练规训了我的逻辑思维，虽远远比不上我的那些学霸同学，但也算没有白念。最重要的一点，是数学教会我具备了"模型"的意识，并成功迁移到对故事的思考过程中。我发现，随意的天马行空并非最高明的构思，只有在事先设定的模型里，不断追寻与现实对接的极限，才是高级玩家的境界。

研究生毕业后，我进入一家报社从事编辑工作。受益于严格的业务训练尤其是新闻评论理论工作的熏陶，我的文字与逻辑再一次得以规训。这方面的水平至今远不及很多同事，但与过去的自己相比，还是有了一些新的感悟和体会。新闻是非虚构的王者，从某种意义而言，属于一类纪实的"模型"；而虚构的故事若要上一个档次，远离不少人眼中的所谓"胡编乱造"，有必要引入新闻报道与历史考证的真实性特征，假作真时真亦假，虚虚实实，实实虚虚。哪怕再离奇的经历，也要力求如现实中存在过的一般，其境之真，其情之纯，身临其中，如同又踏上一个风云激荡的征途。

这些思考的结果，是《天籁棋局》的出现。这部小说试图有所尝试，于虚构的人物关系里展现现实世界的心理挣扎，于非虚构的社会生活环境中折射虚构的人生磨难。小说设定了民间传说、谍报、儒家传统的三位一体结构，而在这个结构顶端的那颗明珠，是极其复杂的人性。所有的人物都围绕着人性产生交集，他们的喜怒哀乐、生离死别、国仇家恨、七情六欲，都离不开深刻的灵魂拷问。从某种意义上来说，每个人的一生，都是行进在针对人性弱点的突围之路上，大部分人败了，屈从于性格缺陷或者思维惯性，沦为黑暗力量的奴隶。只有极少数人凭借强大的信念与纯净的心灵，终于在灵魂涅槃的最后一刻，找到了埋藏智慧曙光的宝藏。倘若读者从中看出一些端倪，那对我来说，实在是莫大的安慰。

值得一提的是，一些人物的姓名，取自于中国的传统文化。江闻天、季鹤鸣、杜九皋的名字，来自《诗经·小雅》里的"鹤鸣于九皋，声闻于天"；季铅依象征"洗尽铅华"之意；江南毅、江北流、江海霓三兄妹，则与其父江闻天一道，构成"天南海北"之喻。还有秦苑梓、羽生白川、星野太一，也都尝试凝聚我国古典文化的力量。

每一部文学作品的完成，都非来自作者一人之力，而是多方通力合作的结果。感激是必不可少的。

作家出版社的责编单文怡女士，功底深厚，博学灵慧，在小说整体的结构安排上提出高明独到的改进建议，既有雪中送炭的养料补充，又不乏锦上添花的全方位加持，令人敬佩。

我的学术启蒙恩师武志勇先生，是一位循循善诱、和蔼可亲的教授，在其专业领域颇有建树，是"传道、授业、解惑"之典范。在他严格精心的指导下，我的水平获得不小的提升，尤其是触类旁通的能力与日俱增。正是源于那三年的学术磨砺，我才得以走上之后的工作岗位，逐步获得业务提升，并有机会从一个比较高的起点思考小说创作。他的提携与恩情，我铭记一生。

我的两位领导齐东向主任与吕立勤老师，平日在评论写作与为人处世方面的精心指导，深刻地影响了我的文字表达与逻辑认知。《天籁棋局》哲学意境与人物心理的精微表达，与他们日常的传功授宝难解难分，所谓"功夫在诗外"，令我终身受益。

阎晶明先生为本书撰写推荐语，字字珠玑。他是一位令人尊敬的著名文艺评论家，常常鼓励与支持青年作者，善于发现他们作品中的闪光点。他身上具有的很多可贵品质，值得我这样的晚辈用心学习。

倪学礼先生为此书倾情作序。他创作过多部脍炙人口的电视剧作品，想象力、创造力以及学术造诣在业界堪称一流。序言中诚恳真挚的表达、专业中肯的评价，令人由衷感念。

柏杉导演对本书有很大的贡献。这个故事最初的构思，他是最早的分享者。他学话剧出身，颇具艺术底蕴，是一个胸怀宽广、善良豁达的人，亦师亦友。十多年来，在我的创作之路上，他屡次指点迷津，特别是在人物形象塑造方面的细致教诲，令人醍醐灌顶，至今难忘。小说与戏剧虽体裁不同，风格大异，却有不少相通相近之处，任督二脉，殊途同归。

最后，我要感谢父亲。他生前对我文学想象力和创造性的培养，奠定了我人生轨迹的走向。他从未刻意地要塑造我成为什么样的人，而是通过自己严谨、丰满同时极具独创性的学术实践，在不经意之间影响了我的选择。对我而言，他是高山仰止一般的存在。我不敢奢望他对这部不成熟的作品提出多大的肯定，但我想说，没有他，就不会有《天籁棋局》的诞生。

在人类历史的长河中，每一朵浪花都在努力跳跃奔腾着，时不时冲上半空，洗涤那一颗颗亮晶晶的晨星。《天籁棋局》想要擦拭的，正是晨星表面滴淌的那些水珠。我深知水平与阅历有限，只能尽力而为，如有错漏之处，还望读者海涵。

愿我们此生，都能走通心中的"天籁棋局"。

梁剑箫

2022年5月4日于北京家中